# 不必交谈的时刻

樊小纯 著

Instead of Words
Fan Xiaochun

重庆出版集团 重庆出版社

## 图书在版编目(CIP)数据

不必交谈的时刻 / 樊小纯著. — 重庆：重庆出版社, 2020.12
ISBN 978-7-229-15335-9

Ⅰ.①不… Ⅱ.①樊… Ⅲ.①散文集-中国-当代 Ⅳ.①I 267

中国版本图书馆CIP数据核字（2020）第193615号

### 不必交谈的时刻

樊小纯 著

| | |
|---|---|
| 策　　划： | 华章同人 |
| 出版监制： | 徐宪江 |
| 策划编辑： | 朱　姝 |
| 责任编辑： | 秦　琥 |
| 特约编辑： | 王晓芹 |
| 责任印制： | 杨　宁 |
| 营销编辑： | 史青苗　刘　娜　唐晨雨 |
| 封面设计： | 一千遍 |

出　　版：重庆出版集团 重庆出版社
（重庆市南岸区南滨路162号1幢）
发　　行：重庆出版集团图书发行有限公司
印　　刷：三河市中晟雅豪印务有限公司
邮购电话：010-85869375/76/77转810

重庆出版社天猫旗舰店
cqcbs.tmall.com

全国新华书店经销

开　本：787mm×1092mm　1/32　印　张：10.25　字　数：60千
版　次：2020年12月第1版　　　　印　次：2020年12月第1次印刷
定　价：52.00元

如有印装质量问题，请致电023-61520678
版权所有，侵权必究
投稿邮箱：bjhztr@vip.163.com

## 代序

蒋昌建

出版社说,小纯这本书要出新版,希望有人给书写序,找了一圈,觉得还是我合适。可是我并不觉得如此,在现在的一天敌得过以往的七天的时代,我与她将近有四年多未见,按照"从前慢"的算法,已经有二十八年的间隔,彼此似乎已经是陌生的陌生人了。

我一直试图把十四年前认识的那个她和眼前的这些文字合体,但怎么也不能把文字中的她和记忆中的她融在一起。并不是因为她的思想远远超过了年龄,而是思想像一个悬在空中的苹果,她的年龄一直踮着脚尖,起跳方可够得着思想。刚刚触及,瞬间又由于年龄的重力，思想便很快回复到在空中飘荡的状态。

是好奇心使然吗？那时候，她演过话剧、唱过歌、学过画画、拍过纪录片，几乎所有需要感性打底的事情，她都经历过。我不太相信那是林风眠的影响在起作用，尽管她的家族与林大师有着非常密切的关系。对她来说，用情感把握世界，用情感把握的世界来环绕自己，绝对不是她的选择。很多时候，她的思想很犀利，能够把碎片化的体验串起来，让反思炙烤，让觉悟咀嚼。我不相信常常试图以追究本质思考模式去观察周遭的人和事的她，能在艺术的圈子里打磨很久。一个在脑子里直接抵达艺术本质的人，大体是不需要通过围绕艺术表现的圈子来透彻艺术的真谛的。

她是不是带着否定的使命让一切从陌生走向熟

悉，从熟悉走向分离？这点让人十分困惑，正如她对面坐着的你，到底是谁，连你自己都会怀疑起来。她说，一生中的挚友，或者朋友本来就不多，而每一个挚友或者朋友，不必交谈，即便交谈，也没有一种交谈是可以复制的。交谈的唯一性，并不能够产生朋友的多样性。因此，成为她的朋友，也就成为她思想的标本，有些贴上了时而可以仔细阅读的标签，有些估计就深藏在岁月的书本里，也许思想演化到一个不同的阶段，也会被她的记忆翻阅着。

然而，如果哪一天在某个街角相遇，她的笑容会让你感受到她思想的任意性，正如她说，"任意也是控制的一部分"。这个时候，整个世界仿佛不需要灵性。用她的话说，自然与不自然折叠在一起，一下子弥合了反思所产生的距离。

看上去，对立似乎很容易消解。果真如此吗？

不一定，仔细阅读她的文字，对立的状态几乎充满了她的思想。建设与拆毁、完整与废墟、清晰与隐蔽、亲密与遥远，以及分享交换与不必交谈……。我不了解，是否人一思考，对立就立马现身。如果真是如此，这么警觉的人生，也太过非此即彼。可以调和吗？给时间时间，给语言语言或许是一个方法。时间本身是反对时间的，因为你一想到时间，你想到的那个时间已经流走；你一开口，你说的语言除了语言本身完整地记录自己之外，它想指征的一切都是不完整的。哲学系在读的她比谁都清楚，当思想充满对立的时候，时间会让对立过去，语言会让对立破碎，因为没有一种对立是可以永驻且表述清楚的。一旦她试着表述这些的时候，对立的调和已经开始，现象对感官的捕捉就像江南六月的雨，来得准时且绵长，比如，古早的香水味和痛苦、厄运会出现在一个段落里，再比如，情趣店出来的男生那一张仿佛睡了一个世纪显得松懈而膨胀的脸……

  我真的愿意把注意力放在她文字中对现象的刻画上。当她用文字代替画笔的时候，你会觉得，她追求本质的癖好，其实是有生动的桥梁的。她关注对象的鼻梁、帽子、胡子和中风患者的手……我不太了解她的画风，但她的文字对这种细节的描绘，有时候就像瀑布般倾泻出来，不过常常戛然而止，她有一种追逐本质的警觉，那是一段红线，文字跑一段距离，就必须冲撞上去。不是吗？她的这段文字就是一个明证："外婆今年过世了。我坐在沙发上看书，看见母亲正拂去钢琴上外婆相框上的灰尘。她的手在那里停了一下，摸了一下。我的眼睛在她的后背摸了一下。我们就这样一个人看着一个人看着一个人。"

于是，杂文或者散文是她的强项，而诗歌不是。诗歌的特点在于一个意思有太多的寄寓，就像中国人吃螃蟹，必须百转千回，才能够领略人间美味。习惯从现象直达本质的她，也承认自己阅读诗歌的能力正在丧失。她把这和荷尔蒙联系在一起，觉得诗歌属于年轻人。我不明白她为什么这么觉得，时代在她的意识里似乎出现了错配。婉转是中年人的强项，意境是老年人的专利，而现在的年轻人大多直奔主题，诗歌不是荷尔蒙爆发的显现，恰恰是荷尔蒙过度隐藏的结果。朋友间真正的交谈的确是停留在具体的时刻的，这与是否是博尔赫斯的诗歌无关。交谈对她来说稀缺到不在于能否说出贫穷的街道、绝望的日落、破败郊区的月亮这些语句，而在于是哪张嘴说出的，甚至是出自哪种嘴型。可见，建构她自己的，不仅仅是她自己，也是她参与的某种关系。在德国读图像理论的她，绝对不是在纽约视觉艺术学院读书的她，更不是在复旦读书的她。她人生中的任何一个阶段抽离出来作为标尺衡量自己，得出的基本结论，就如佩索阿的那句：我已很久不再成为我自己。

她们相互之间应该不是彼此的笑话，因为没有一个阶段比另外一个阶段优越。我一直试图理解她的这段话："人的皮肤有顶峰。有顶峰是一件尴尬的事，因为前路后路，都是下坡路。我宁愿没有顶峰。"我不觉得她真的在讲皮肤，因为她的句子从来就是一种隐喻。她那种追索本质的喜好，不允许她在皮肤表面停留太久，她的兴趣不在皮肤的纹理和光洁度。我更愿意把这段话理解为一个未经历过低谷和高峰的人对人生起伏的想象。没有高低起伏的人，是让人很羡慕的，很明显，我不是指在低谷中持续徘徊的人生状态，而是指不断停留在高峰的那种审美体验，我不曾经历过，所以我不知道如何描述这种体验。她眼里是对云海茫茫的穿越，是对跃然升起的红日的迎接，正如从起点到终点一直匀速跑动的马拉松选手，中途不需要喝水，不需要擦汗，也并不需要别人回过头来的牵拉。这对我们来说是羡慕，对她而言是警觉。一个常常站在顶峰的人说宁愿没有顶峰，或许是对下一步的担忧。下坡路又能怎样？如果注定没有人能够战胜人生的引力，索性顺势而为，有一段省力的人生不好吗？

若是放在时间尺度里，人生有前后的差别，有新旧的不同。前后新旧似乎不是她在意的，她在意的是不同，而且她不把不同与前和后、新和旧关联起来。可是不关联，她如何知道艰难呢？不同本身不产生艰难，没有岁月，没有生死，没有新陈代谢，无所谓逝者如斯的感叹,也无所谓人是物非的悲悯。见证变化这件事,要艰难起来,唯一的基准,就是时间的退隐,这样永恒就可以成立。不过,永恒不是遭遇得来的,正如时间不需要发肤来证明一样。时间不是通过观察变化来感知的,而是通过周而复始来否定的。无怪乎她要说:"来去匆匆和永恒是同一件事。"

给二十八年未见的陌生人写序,着实有趣。写着写着,我发现,文字是我唯一能够交流的对象。我曾经推敲,甚至想勾勒着这些文字背后的作者的影子,这影子竟然虚幻到都不能用飘渺这个词来形容。

文字有时候比人更生动,因为它预留了对人的想象。

评论与作品之间，有点像爱情。只能发生在两个彼此不需要的人之间。

好东西不需要赞美。我也一直在想那句话：最可靠的缄默，不是闭口不言，而是张口说话。

这是为什么要和真正在意的事物或者人，保持距离。它们是非人的，经不起损耗。

不要同情，不要变得善良。要对决，成为对手，以不相交的两股力量。这终究需要一些敌意。与所有甜的、轻易的、能实现的为敌。

**8**

我不迷福柯,也不迷布朗肖。但我渴望他们的友谊,不见面的友谊。我很少对任何事物感到渴望。

不同的是,我以为不是不可以见面,而是,可以见面,但要像没见过面一样。维持渴望,并维持渴望的能力。一个人闭上眼睛,可以看到另一个人的黑夜。友谊是重叠、是共有。这种重叠与共有并不人间。它很弥散,但又有点太精密了。所以很难。

或许在本质上，我渴望与一个并不存在的人交谈。人间的友谊则是那个人的不同化身。亲密之亲密太甜，遥远之遥远太远。亲密之遥远，或遥远之亲密，反而是能够被嗅闻与想象的。这不是一种交换，或者交流。它们面向第三方，而这第三方可以是另一片光明，或是沉沉黑夜。

如今值得认真的事情，这样算是一种。为沉默做准备也是殉道，这种殉道是透明的。

**9**

一年里有四段好时间:换季的四个当口。我们进入边界,并不着于两端。边界里有可能性,有发生,但没有答案。

而没有答案就是很好的答案。

好的时刻,都在将至未至里。无限趋近里,住着无限的无限趋近。

## 10

刚才在翻以前的笔记本,看到一段话,忘了出处。英文的大意是:

艺术里的真诚,不是一种意愿,也不是一种道德选择,而是天赋。

天才从永恒的世界中找出暂时的世界。

创作就是寻找宇宙的原始意图。被选中的人才能进入那个领域。

在一切的地方沉思一切。

**11**

读到一个描述,觉得很准确:

宏大的、纪念碑式的单纯。

**12**

想回到写作状态的念头总是在波动。

有时候只是不好意思写一些缺少意义的事物,轻的、不重的事物。小时候不知轻重,所以敢。现在不太敢,因为自我意识换了一种方式存在。

但我仍是一个未完成的人,所以依然不知轻重。

**13**

年轻使人莽撞。莽撞对年轻人来说甚至是一种理性的选择。

人利用了自己的年轻。

**14**

青春因为缺少控制，几乎是面目可憎的。人是渐进的——时间进入体内，然后散失在体内。一切并没有衰落。死之前的一天，一个人是富有的：他几乎拥有最多的看见和最多的失望。知道这辈子不能做什么了，多好。他突然看见了自己的反面。有一死要降临，接着就是了。

**15**

一定有很多东西 lost in translation. 如果你对交流有所要求。

人的交流里,最终的不可到达性,在那里放大了。

然而,意识到这一点——永不可到达,就也意识到了那个界限。然后你在界限里找那个微小的部分。用碎片解释整体,也用整体辨认碎片。

用一个隐喻解释另一个隐喻,好过说蓝色就是 blue。解释,是一个事件,它不是定理。

你给自己的表达留出可能性，精确传递那个模糊的部分。接受者，继而在模糊里找到那份有限而可贵的认出的自由。

有一天下午，一个朋友念了一页书。那一整页是关于什么是蓝色。书中从初夏的天空描述到深夜的大海，某种叶片的脉络或是记忆中某一个傍晚楼房里的气息。数不清的模糊的指向，都叫蓝色。

自此之后我再也无法精确描述蓝色。但我或许有可能认出它，像认出一个秘密。

**16**

这两个月遇到一些送别。两次是看着出租车离开——我总是站在原地,也不怎么挥手,站一会儿再走。一次是我在车里,看着远行的朋友融化在人群里。

曾经一个人对我说:有一次,你站在街上看着我上车,你留在原地没有动。周围还是车来车往,和永动的人群。如果我想起你,这便是我对你的印象。

你记得生活是什么样子吗?每一天每个清晨,每个傍晚和不同的傍晚。我不太记得所有,但我知道我记得的,是其余所有在那一刻的聚集。时间的聚集,信息的聚集。

聚集维持自身,并在周而复始里留存。

**17**

"生老病死,苦的程度是降序排列的。总有一天你会慢慢意识到那种痛苦。这并不是你的精神能完全克服的。"

**18**

今天和朋友提到一个词组:日常的羞辱。

吃饭、喝水、清洁、睡觉,很无奈的事。这些为了生存而反复进行的行为——即使再在其中找到优美,也依然是羞辱的范畴。优美是蒙蔽不是克服——现代生活教授大家成为"生活家",并在其中产生阶级,是很无聊的。

什么才是克服?

在羞辱之余找到与生存无关的、不必忍受的部分。

**19**

朋友说：死亡不是什么事，当你准备好了，它很弱。它只是没羞没臊地阻挡了你强大的精神。我们死的时候，只是基于配合它的风情，基于同情它。死是唯一有品位的事情，我希望死的那天，它能感到惭愧。

**20**

因为反对独裁而意淫独裁，因为反对审查而支持肤浅。这就是误解与偏离。连敌人都找不准的反对，就是另一种支持。文明就是这么衰落的。大家爱热闹，终究是荷尔蒙过剩。我们活在荒诞里却感到非常正直。

**21**

还是在想这段话:

And did you get what you wanted from this life, even so?

I did.

And what did you want?

To call myself beloved, to feel myself beloved on the earth.

《鸟人》的片头。这也是卡佛的墓志铭。

我看过不同的中译,但终究未能译成。

## 22

人在精神上只可能有一两位挚友。多了就不是了。其余的交往——铭记他人的帮助，有来有往。这是江湖义气。

不要以为每个人会有太多朋友，人不需要有太多朋友。真正的朋友，要有无数次的交谈。每个词语都是见证和确认。每次交谈都不可被任何人复制。这种时候谈男女都俗。性别是消失的，在真正的友谊里。每个阶段，这一两个人或许有一些变化。这取决于你们的生长维度和速度。如果多年以后，你们仍交谈如初。那是幸运。

人本质上是很孤独的。这样的朋友，有也好，没有也好。

总有一天，身边的人死去的会多过活着的。那句话，大致是这样说的。我喜欢读书信集，尤喜欢两个思想者的书信集。也就是这样的光亮，让我看到人或许存有那么一些活着的需要。

**23**

创作者必须超前。超前是前瞻,而不是被机会牵着走。创作者的超前,可能引致同时代的大众的超越。

被最底层的欲望诱惑的人,终究是野心太小。这里说的野心,是良性的——真正的科学和真正的艺术由此驱动,并发生在无穷的未知里。

不怪时代,只是为平庸的热闹感到遗憾。我们享用前人的文明,却如此无知无志。命运让这一代人走到了这一步。我们就算看到下沉的趋势,还是要"为"。就算失败,也要通过"为"来证明自己的失败。就像朋友对我说过的一句话:要包含自己的反面。

过去的光,足以支撑所有的现在。对未来的自觉,足以支撑人度过一生。

**24**

大概是在安哲罗普洛斯刚去世时的纪念文章里，有这么一句话：人一生只能拍一部电影，只能写一本书。我想人可能上了一点年纪才会明白那个词语。如果一生只写一个词语。

如果我对将来有所好奇，我会好奇那个词语。如果我对过去有所好奇，我会重写那个词语。但这两件事又是同一件事。

多数事情经不住想——太少的事情真正吸引人。极少但极深。深，所以可以笼罩。这种笼罩是镜面也是预言，当然，它也通往过去。

**25**

走路到 Highline，这个城市的二楼。我对这个城市的好奇是有限的——确切地说，真正稀罕的东西，在每个城市都很少。地理不能局限任何人，也不会决定任何人。你的位置永远是你精神的停留处。在小镇，在大城，在旧时，或在天外，你是同一个人。生活方式这种东西，真是无所谓。雅致或者粗朴，一种选择而已。多数现代人停留于对生活方式的模仿中，情致带来的差异感充斥人的心灵。衣食住行，如果不能给精神以适宜，那也就是衣食住行而已。我对度假式的旅行毫无兴趣，也越来越不想参与超过四人的谈话，这些与我无关。但我的确知道哪些事情能真正触动我。所以我还是愿意每天醒来，做一些事，这些事最好没有尽头。其余的生活，是协助，也是打扰，但这是人之为人的底色。

**26**

林肯中心放映基耶斯洛夫斯基的胶片《十诫》。一个周末，十个小时的马拉松。

人破诫，因为人想成为神。这种不自知的僭越发生在每个人的日常里，然而这也是命运折断的开始。人是人自己的困境。基氏的好，在于他剖开但不给答案。我喜欢每一个小时后，起字幕的那个瞬间。故事就这样结束了，就像我们每一天尴尬又合理的某个突然。

饱满的横截面。

**27**

当代艺术的大型群展是具有恐怖气氛的，像一个大的动物园，格子间里展示荒谬与线性之挣扎。少有作品是"圆形"的。

并没有多出什么自由。路途不对，走向哪里都是囚徒。

**28**

人的确认过的自由，产生于曾占有却弃绝的事物之上。而有过，也正在有的事物，只能提供未经验证的自由。这不确切。

人的恐惧部分来源于不确切。被审判是幸福的。我指命运。

## 29

贴合身体的剪裁代表一种崇拜。然而这种崇拜一旦落入性别或年龄的范畴,就失去了具有更大表情的可能。

放弃贴合是不战而胜。它抹去先天差异,让质料穿过皮肤裹挟内心。它知道自己是流动的建筑。流动中,差异被透露。

## 30

如果不常阅读，也不是一个手艺人。那么荒芜就会上脸。

因为这些人对处于今天和昨天之间的自己没有概念。

现代生活并不能解决这种荒芜。如果现代生活是一台巨大的永动机——它更无意解决这种荒芜。它要的是统治，用生活方式统治自以为自由的人。

荒芜的背后也是有原则的，引致荒芜与毁灭的原则。不知道哪一代人将承受这个命运的终结，每一代人都已在承受。反抗和服从都是承受。

## 31

纸面背后是有诱惑的。诱惑是创造的开始。

纸面是一个镜面。控制是指接近诱惑的步伐。艺术家到底是控制还是被控制，很难说。这是对话，也是对决。

一笔下去了，这一笔是他的，但并不是他创造的。笔法、笔触自传统中来，是被创造之后的又一次言说。而这个言说又诱惑了艺术家，通过艺术家来获得新的肉身。

每一笔，都向深渊而去。那一笔占据了未知。这是笔触的自行言说和耗散。笔触把自己抛向未知、外部，最终回到自身，言说自己。挖掘深渊的同时，是填补深渊。

**32**

控制的程度,是你和上帝之间的秘密。连任意也是控制的一部分。

事情只会有一个样子。

**33**

画不可书写的,写不可观得的,得不可把握的,握须臾即退的。用瞬时向永恒寄望,用永恒瓦解虚诞妄想。

这是我以为的创作者。

**34**

所谓以貌取人,不是美貌与否,而是气息。

样貌能说明许多事情——人的骄傲,人的虚弱,人的完成与未完成,人的展示与藏匿。视觉同时也是嗅觉。你理解人与理解自己,是同一条路。

**35**

最灼热的阳光在冰面之上。

**36**

管弦乐团在音乐会演出前的最后调音很迷人。无序里有一种绝对秩序。

**37**

阶梯式的电影院。我坐在后排,前方形态各异的后脑勺使我分心。这些后脑勺的边缘有淡的轮廓光,毛茸茸地码在那里。前方的图像亮得发白,我们静穆坐着,朝向一致。放映不得不成为一种仪式。

**38**

没拍过但还想拍的片子里应该会有一种进攻式的视觉语言。可能是固定镜头。就像《利维坦》里,推土机的铲子从正前方朝着房屋扣下那样。人对建筑的渴望与对拆毁的渴望并驾齐驱。

**39**

上周翻开小时候的相册。观看相片时,我并没有因此想起当时的情景。但是,我在照片中人的目光里清晰地想起了那一刻望向镜头时的状态。

折叠发生了。

**40**

隔了一条街就是住满了人的高层建筑。我有时候看过去,看一间一间的故事。

左边一间每天都一样,一对,暖光下的一餐。日常是一种能力。右边的关了灯的屋子里,电视机放着冷光。白色的墙壁一闪一闪,像稀释了的图像。

现代城市的意义就是使人有能力毫不相关。

我们的感官都被过于短暂的相关碾压了。我们接收并释放了部分愿意被透露的生活。怀旧不时髦了,如果我们并不以旧为旧。在新的形式里,每个人与其余所有人都互为样品。我们是文明的样品。

历史的交叠是形式的交叠。如果有一些不被淘汰的留存,那它们必然是坚固的--非最崇高,即最本能。该要敬重这两极。

**41**

要想做圆形的事,先要是一个圆形的人。

**42**

You can wake up now. The universe has ended.

迷人的场景。

**43**

聊起瑞典诗人托马斯·特朗斯特罗姆去世——对，这是三月里的事。

瑞典朋友说：

"噢，他就和我住同一幢楼里。15年前我搬进去的时候，他和太太已经在那儿了。每一年诺奖颁布前，瑞典的媒体都会聚集在楼下，等待那一刻。每一年他都没获奖，然后媒体便作鸟兽散。我从信箱上的名字得知，他是著名的诗人。真抱歉，我从不读诗，但我很尊敬他们。

有一天，我在走廊遇到他们——他的太太莫妮卡邀请我进去聊聊。我看到了特朗斯特罗姆——他坐在钢琴前，右手因为中风的缘故悬在半空，左手在弹钢琴。于是我开始明白，这些年里我一直听到断断续续的单手的钢琴声,是这么来的。

终于有一天,诺奖来了。莫妮卡对着媒体说:'等一下,等一下,我答应过我的邻居雅纳,得奖后第一张照片是让他拍的!'于是我走上去,拍下了第一张照片。我把这张照片当作礼物,没有另作他用。

这幢楼一共六层,一层有四户人家。对我来说,这对诗人夫妇就是很好的邻居。我偶尔会怀念那些钢琴声——我还是没有读他的诗,或许以后会读一点儿,如果你坚持这么认为的话。"

**44**

音乐、戏剧、电影,归根结底是一种美学体验,如果是真的好,那么他们是不能被评价的。

引用前几天读到的几段话,源于康德:

"通过艺术传达的美,在本质上就已经超越了事物本身所具有的美。"

"没有一门美的科学,有的仅仅是一些对美的评论。"

"我们不能评论那些本身就不能被评价的事物。实际上，评论是一种广泛的自由，如果我们评论本身不能被评价的事物，就成了一种逼迫或强加了。"

美是自持与完整。完整不是不破碎。比如废墟也是完整的。不必评价时，我们并不需要打破这个沉默。我们应该肃穆，并感受呼吸里的新的贮藏。

呼吸是一件古老的事，美与沉默也是。

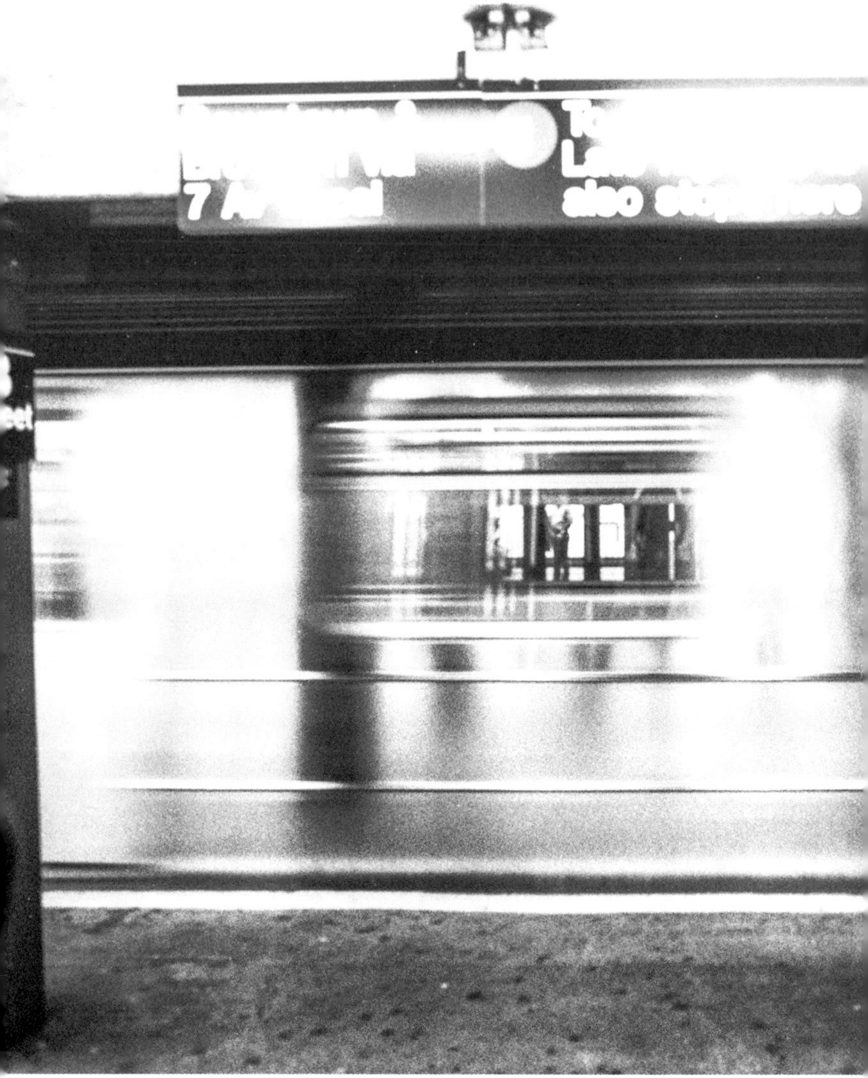

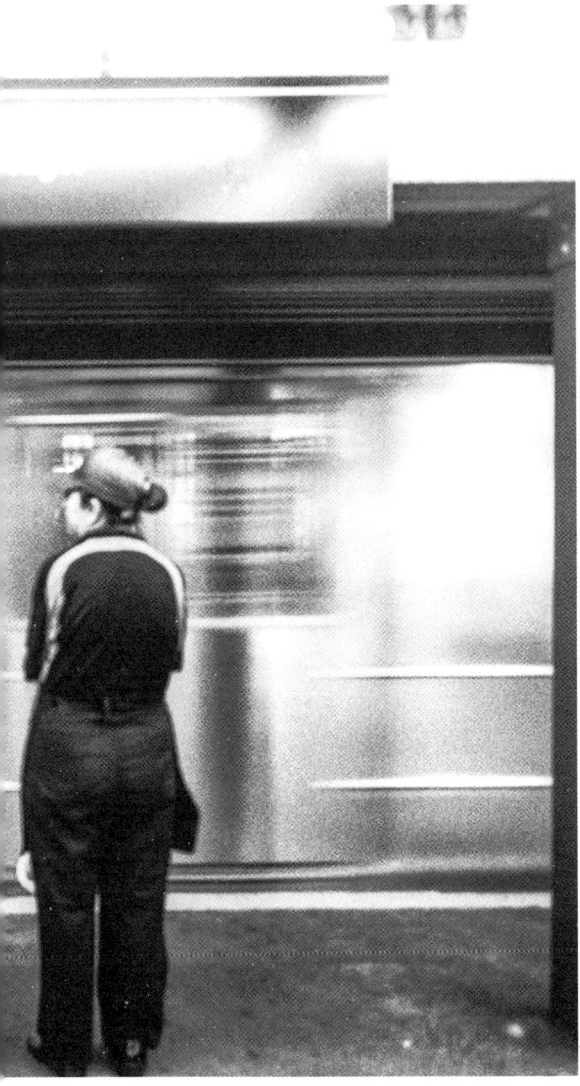

**45**

看一个导演的电影回顾展的好处：

· 你知道他从哪里来，他在哪一年脑袋被敲了一下（在创作上）。

· 你知道一个人的学生作业可以这么锻炼人的耐受力，但同时又从某帧影像里预见他的未来。

· 塞尚说，赶紧啊，所有的事物都正在消失。你知道要成为一个锚，要尽量占领发生、占领时间。就算你感到徒劳。

·你的一切都会在你在某一刻被爱上以后发生意义。你要做的是被爱上,不是前掂后量。

·人的一生很有限,你最好和有趣的人一起工作。最好是常年的关系。因为这样会省下所有的下半句。

· 这些人可能比你还要有趣。但最终被回顾的,还是那个知道如何与所有有趣的人合作的人。那个 90% 的准天才。天才太灼热,他们几乎都在年幼时自尽了。

## 46

有一本翻译过来的书叫《文德斯论电影》，是某年在先锋书店闲逛的时候看到的。在随笔里文德斯解释了早年的许多想法，比如某一年他来到美国，坐在电影院后排，百无聊赖地拿着爆米花思考美国电影与德国电影的区别。他的影评也写得不错，是个电影狂。

读他的随笔时，感到他是很勤奋的人。勤奋，是指思考的状态。有天赋的人其实很多，但人经常辜负自己的天赋。当然这个辜负是一种选择，命运在选择里慢慢生成。然后人开始有分别。

他想拍皮娜·鲍什也想了二十几年。勤奋、天赋、耐心、野心，还有对新技术的开放。永远的古典根源，永远的好奇心。他与各领域的高手惺惺相惜，是有道理的。

## 47

这两天看书的时候，想到一点：

我更偏爱阅读思想者晚年的运思著作，因为它们合了我对于死亡的焦虑。那种未竟的焦虑。紧张感不时袭来，不敢怠慢。

前几天，一位朋友在饭间突然问了一个大问题：人生的意义是什么？

我说，是在生命里偶尔感到超出人的一些部分。

大概是真心话。

## 48

在飞机上读的其中一本书是杉本博司的随笔。之前翻阅过他的另外一本,印象里他是摄影家里比较能写的了。森山大道也能写,但他们不一样。

杉本博司是经由良好的教育系统训练,有全面知识结构的,如果不去做摄影家,他或许会成为一个不错的批评家。

森山是野的。如果他不摄影,我想他应该会在新宿的街头整日酗酒。但森山的东西会突然很温柔。对,温柔,这个被用滥了的词语。一个随时在下坠临界点的温柔的人。

在摄影作品里，杉本很形上，他有意识地提示了自己的作品。而森山，是由作品提示了自己。或者说，他只是运用了他的临界状态而已。

说回他们的随笔——不知道是不是日语写作的共性，他们的描述都因为简单于是轻盈，因为诚恳于是都带有一些钝重。就好像在你面前一字一顿地说着人话。并不是每个人都能在笔下说人话的，因为笔下最为赤裸。

**49**

日记这种事情,最终还是为了让别人了解。我相信这个功能大于提醒或者帮助记忆的功能。

人,对孤独能克服,对不被了解总是难以克服。

这是现代人愿意时时刻刻透露自己的生活的原因。不过说到底,这些透露总是不够高级。

如果通过这些透露能够了解一个人的话,那么我们生活的维度实在是太浅了。

**50**

A：有伟大的艺术，也有伟大的批评。

B：伟大的批评，也就是人类的最高智慧，但少了上天的授意。我倾向于强调那个人类不能达到的部分。那个部分连艺术家自己都不知道。

## 51

《肖像画的凝视》的扉页是这句话：如果思想提供它自身的一幅清晰可看的图像，什么可怕的爱它不能激发呢。这句话出自柏拉图的《斐德罗》。地球运转到现在，是否还应该感谢思的阔远与隐秘？不可见成了一种馈赠。

我原以为任何画都是肖像画。风景画是风景的肖像，抽象画是精神的肖像、念头的肖像。不过这本书谈的是世俗意义的"肖像"。

书的注释里提到黑格尔在《美学演讲录》中的一句话："艺术把它的每一件作品都变成了千眼人阿耳戈斯，以便让内在灵魂和内在精神性在任何一个角度都被看见。"的确，作品使得它自己成了凝视的发端，我们走近，退远，在现场，在转述中，获得了不同的面向。真奇妙啊，我们一次次撞上那个唯一的可能，尽管我们还是我们，肖像还是肖像。

肖似与否重要吗？肖似有社会功能，也有唤起的功能。人有辨认的快乐，就像我们小时候认出花朵与星星，认出一个熟悉的存在物。人对世界上成单的事物总有某种恐惧，认出代表一种趋同。

我有时候想，一张脸，一幅风景，原形，变形，经过线条和像素的挪位与撕扯，都会在若干步骤后成为同一幅画。一幅画，它是什么并不重要。它是一个框，一个载体，里面是秘密。就像爱，就像荣光，就像死亡，之所以伟大，因为它们的美都在于隐秘。未来世界的毁灭，就在于无限的清晰，清晰的食物、清晰的性、清晰的细胞和寿数，如果我们不选择自决。人是因为不彻底因而彻底的动物，而我们却被自己推搡到了世界的尽头。

## 52

我想,女人之间的友谊也应当是君子之间的友谊。如果我们都在找的词语,关乎理解、批判、注视、尊重。

然而多数女人们的友谊都太甜了。那依然还是小女孩的友谊,不论年龄。小女孩的友谊,最大的秘诀是分享俗世、交换秘密。

我心底的友谊,与我的联系都不频密。在有相近价值观的前提下,距离是一种稳定,而不是辽远。

我们的时间都早已不够了。交谈是奢侈的。

我依然感到幸运。每过几年,我都会多一两位这样的朋友,君子之交。她们让我感到由衷的尊重。在不交谈的日子里,我郑重做下的每一个决定,我不必问,她们也不必说。

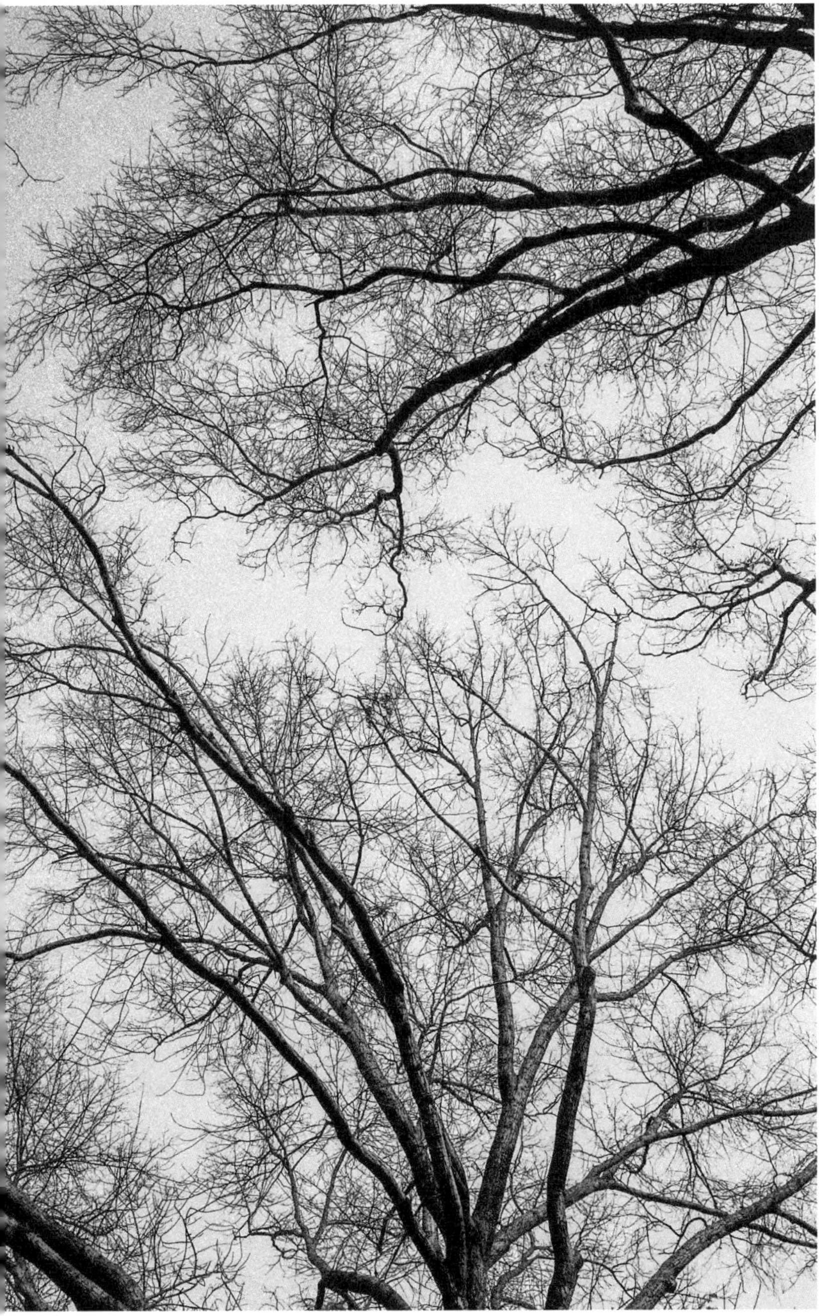

052

**53**

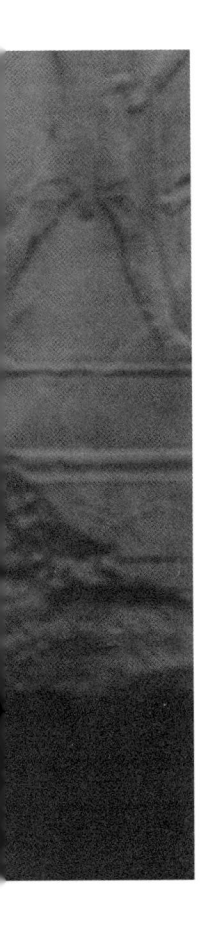

要相信命运抛掷自己的方向。

让时间时间,给语言语言。

## 54

我跑步是为了体验起飞。在经过的人的肩膀上起飞。我在穿梭他们的时候,闻到十年前那种古早香水的气味,或者很熟悉的化学香精的气味,还有人的气味。

穿梭有一种快感——和迎面而来的人暴力接近又暴力远离的快感。如果你们眼神交汇,这就是你们一生里唯一的一眼。城市越繁忙,这样的情况就越可能发生。是的,这一切也使我感到那种暴力。在所有茫然之处的暴力。

我终于成了我走路时候讨厌的那种人。在人群里加速又骤停的穿梭的人。我感到了起飞,起飞里我俯视着我。

## 55

年轻人要克服的是自我。自负含义上的自我。

解决的方式：看世界，和经历过的人交谈，和书交谈。

然后你会找到一个更大的坐标系，你明白自己在时间空间中的位置。什么可为，什么不可为。

于是想做的事情越来越少，但对于正在和将来要做的事情渐渐知道。

## 56

昨晚改了点东西,一剪片又是五个小时过去,喝水睡觉什么的也忘了。

我和 Z 说:"我稍微出离瓶颈一点了。"他说:"你怎么痛苦了?"我说:"我的痛苦不就是不够痛苦么——还有心力看书、运动、睡觉、吃饭。哪天我走路也在琢磨这事,这事就能成一半。'好东西都像厄运'不是么?"

他说:"你放心吧。你这篇就快翻过去了。"

我说:"哦,那翻过去之后是什么?"

他说:"是无尽的痛苦和无尽的厄运啊。哈哈哈。"

57

— 绝望这事儿怎么说呢，它是个天赋。绝望无非熬清静。

— 绝望和希望是同义，就是知道怎么死。

— 只要不自杀，这个问题就不是问题。

— 不好意思，不自杀也是一种自杀。

58

不要有偶像，不要崇拜。欣赏一个人，也只是因为他／她是精神上的同路。这是平等但有恰当距离的关系。

**59**

我觉得我可以接受永远穿一样的衣服,但这句话不要告诉我几橱的衣服们。建立规则是一念之间的事,但解决过往的"余孽"则需要一个合理适度的告别。决绝的人,可信赖与不可信赖的程度是一样的。比如一天能戒烟成功的人,等等。

**60**

极权的恶,并不是它造成了人性的恶,而是让人在绝境里放大了人性的恶。如今是不同的绝境,多样的绝境。极权、资本、生态、生存。多样了,所以恶也分散了。分散以后,痛也失去了矛头。人渐渐收起了表情。我们无法用一句话谴责生活。荒诞没有减少,换了一个波段而已,不那么刺耳。人的恶,暂未面临集体的爆发,却一直在泄漏。

## 61

听到半个故事,记一笔:

"我的父亲过世很早。小时候,我就觉得我和他是两种人。他是个东奔西跑的销售员,待人和善。超重。书架上几乎没有书。也从不去博物馆。

我收起他的遗物,封存在一个盒子里。我准备等我到了他过世年龄的时候,再打开这个盒子。

很多年以后,我发现了我与他的关联。当我剧烈地笑起来的时候,很剧烈那一种,我想起来,对,这就是他的笑声。我在笑声里想起了他。

而我终于到了打开盒子的年龄。"

## 62

第六大道上有一家情趣用品商店。

橱窗里的模特经常被换上新的衣服。黑色的,网眼的。或者红色的,飘逸的。

这家店在我走路回家的路上。

店里好像有放映服务。我看到男人们从店里出来,脸松懈而膨胀,像睡了一个世纪。

有一次,一个中年女人在店门口大大咧咧地评论服装。旁边的男人不发一言,在低头数钱。我看到他手掌里只有硬币而已。

今晚我迎面遇到一个亚裔老太太,从打扮看像日本人。她突然抬头,看到这么一个光怪陆离的橱窗,边走路边低头掩嘴笑了起来。

我觉得她的不好意思很有趣。但我不知道,如果没有我这个迎面走来的人,她是否也会这样呢。

**63**
多愁善感的人,心里要有一块很坚硬的东西去平衡。不然实在切伐消(上海话,指吃不消、受不了)。

一个永远面无表情的人和一个永远热泪盈眶的人,前者好像更可爱一点。

另一个声音说,看脸。

**64**

今天去游泳，周六，饭点。游泳池一个人都没有，我钻下去，把几天的疲惫卸下。

玻璃天顶外，蓝色下沉，暗却饱和，像一种涌动。更暗的时候，池底长出月光。我第一次看见，不知道为何以前没有。

游完在旁边的热水池里泡着。来了一个男人，每游半米就撑起半个身子换气。我从侧面看去，他像一只行进的袋鼠。

昨晚收到一张照片，一位摄影师刚冲洗出一卷多年前的胶卷。彼时他在42街的某幢楼里拍一个长期项目——他一得空就下楼，在街角拍陌生人。

生活的荒诞感在镜头里扑面而来，更剧烈地。拥挤的、毫不相关的人们。他发现在洗出来的照片里，有一个世界上最疲惫的人。一个男人穿着圣诞老人的戏服，毫无表情地直视着镜头。没有表演，那一刻他是一个披着戏服的最疲惫的人。

他的鼻梁有一个弧度，偏向左边。眼皮挂了下来，因为表情松弛，也因为衰老。他的帽子过于歪斜，和垂直的胡子形成了一个角度。他被一个四目相对却无话可说的时刻捕捉了。他开始像每一个人。

这一刻并不特殊。照片是时间停止的伪证。时间没有停止，时间被储存了。它因存在被压缩，经由观看被释放。

## 65

精神上近是精神范畴的亲人。肉体上近是荷尔蒙范畴的亲人，多数时候这两者不统一。人把相近的人分类，不同范畴的人有不同的意义。人会因为这种不统一而感到疲惫。

人能和境遇迥异的人成为朋友，只要够宽容。宽容是一种母性，这种母性并不一定是指喜欢孩子，或喜欢同孩子相处。这种母性是指理解孩子，或者干脆说理解人。

人有太多的弱点，他们泄露自己的态度。

但，知道是一回事，面对是另一回事。有时候我们知道一个人，很知道，可就是无法面对他们。不是不敢，也不是怕。是还没有成为一种面对的样子。

人一边在证明自己是个好人，一边证明这件事的荒诞性。这是矛盾的。

## 66

面对面交谈中出现的人,通常不是本人。这不是是否愿意的问题。

由于对自己皮囊的不熟悉,人不能控制自己的表情。人会表演含蓄和失控。人会看到自己的表演,并因为看见自己感到陌生而出离。

人甚至会做出相反的表情,比如在尴尬的时候笑出来,紧张的时候做出不畏缩的样子。人对自己没有把握,对他人没有把握,对世界没有把握,所以人保护了自己的情绪,穿上了并不真实的表情。

有控制意识的时候，就有偏差了。但文字的表情是可以控制的。文字比面对面真实。因为就算是作假，也是有自我意识的，是可控的。况且人容易当真。当舞台的时间远大于台下的时间，他会把这一切默认成自己的生活。诚恳的观众是最亲的亲人。

一个朋友说："我现在去看话剧都把头扭向观众席里，观看他们的表情。"

## 67

有人说:"其实我特别喜欢表演我美好的感情。"是的。你美好的感情,是你心理的一部分。人或许不见得那么爱另一个人,但是人会因愿望而表演。表演理想,表演向往。表演有时候并不是虚伪,而只是亲身的表达。

我们分不清伪造的生活和真实的小说。

## 68

个体事件如果变成公众事件,可能是因为公众早就做好了准备。

**69**

许多人不知道如何自然地说话。他们在句子中表现出欣快与激动，辅助以标点，辅助以儿童腔。可他们实际上并没有那么兴奋，只是为了显得合群。

其实我也不知道好好说话是指什么。或者也有人指摘我去除了过多的情绪，伪作镇定，显得寡淡。

我宁愿显得寡淡。那些情绪终成荒诞，隔了一夜就变得可笑。就像所有人都谢幕了，可是那些句子还穿着戏服、画着大浓妆。它们被留下，晾在那里。有点像冷了的多油的饭菜。

太热闹了，我们的生活。

## 70

走出健身房,头发湿着,风是暖的。一年里最好的时候。此刻的一阵风,是最应当的风。

我想起去年的一天凌晨,三四点。春夏之交。我走在路上,也曾以为自己正遇见一阵最好的风。这样的时刻都无征兆地来临。

我总以为我正遇见一件最好的事。就算这件事微不足道,我也会这么以为。

别人问我这两年有什么变化。我说,我更忍耐,也更尖锐了。更严肃,也更放松了。自己提出对立,然后在对立里完成这个消解的过程。在这样一个年纪,你清楚地知道每一个半年,你都比上一个半年更好一点。不用别人说,你自己知道。

你的每一个选择,从某种程度上来说,都是对的。你和你的选择一起趋向了命运。所以,所谓错的,也是对的。命运并不善良,也并不是不善良。命运没有表情,就像伟大的肖像没有表情一样。

我在等下一阵风。下一阵风来过以后,世界还是这个世界。我还是我。我不常有愿望了。因为我慢慢进入了我的生活。

## 71

有个朋友和我抱怨：视觉相关的艺术家特别惨，老被人问"这意味着什么"。音乐家稍微好一点，人们直接去感受，少有听众问刚才那一小节的含义是什么。

况且，如果这意味连视觉艺术家自己都无法表述呢？最好的作品，是有能力呈现上帝的心灵与意志的。艺术家是管道，或者抄写员。在高一级的状态下，作品是大于其自身的。三言两语能讲述的秘密，不是秘密。

你听到的回答，如果能满足你，那么你要的其实不多。

唯有科学和艺术深不可测。配得上的人，也并不多。

## 72

时无英雄,竖子成名。不怪时代,不怪竖子。怪你以为的时代标尺,还有你的视线范围。

席勒的那句话是个很好的提醒:"活在这个时代,但不要成为时代的造物。"

## 73

当大众都能讲出一两句为什么的时候,创作者就尴尬了。我和朋友开玩笑,关于什么是好的创作——我说,一半的人不知道;知道的一半里,一半的人不喜欢;喜欢的一半里,一半的人说看不懂;懂的一半里,一半的人懂错了。

被大众接纳的人都有点尴尬。那么是否应该和大众相处呢?应该。如果创作者有改造社会的热情。没有也没关系。只是创作者在写下每一笔的时候都应该有极端的自觉。哪一笔是横向而去,哪一笔是纵深而去。不仅是文与画,音符也一样。横向大于纵向时,个体有机会做一个知识分子,但成不了艺术家。这个差别,是很努力的普通人和天才之间的差别。

我的朋友赵老师,有一次说了一句大实话:"大家一激动,我就恶心了。"

**74**

表达给可预见的观众也是一种投机。

要么猜拳和硬币,要么自己写下《圣经》。

**75**

每个时代的人都以为自己所处的时代是"天下大乱"。不同的纸页上写着相同的焦虑。

让巨变纵向收缩,人横向展开。千秋万代是沉默的。轰鸣,这是准确的词语。人的念头一直是最初的同一个。

## 76

你当然要知道,因记忆力好而聪明的人,同时也是痛苦的。因为他记住了太多的过往,而过往从不复归。

那些不经意的东西。空气的能见度,一瞬间的光晕。看似不具有任何含义,可它们是过去之门的钥匙。

对事物的感知力上,人分为两种:

敏感的人和不敏感的人。

这两种人看到的并不是同一个世界。

## 77

飞机上继续看吕克·达内的电影笔记。他记下列维纳斯的这句话：灵魂不是（我的）求生之可能，而是杀害（他者）之不可能。这一笔记得很好。

吕克·达内的阅读量是不错的，从笔记能看出。创作者的阅读量太重要了——如果没有深思熟虑的过程，人有多少天赋可以依存？我不信任这样的挥霍。就像我也不会信任不经过深思熟虑的爱。我只信任极端敏感却也坚韧的人，极端自负却愿意下跪在另一片光明之前的人。我们不慌张了吗？我们只是找到了一种更好解决的慌张而已。但那根本不算什么。

## 78

人变得真诚的第一步是拍照时不要为了镜头而笑。

## 79

我在看一张老照片。

在奶奶的眼睛里,我看见了自己的眼睛。我从来没有见过她。骨血是一种信息,而非情绪。情绪是后天加上的,出于一些真真实实的相处。

有时,你在自己的脸上看到一种新的表情。它不曾属于你。它带着那一刻对于过去的致意,以及对你曾遇见的人的致意。

熟悉的面孔会托付表情。在同一张脸上,你们将重遇。

多数人不明白这些瞬间背后的可能性。我也不明白。它们像是庞大运算后的结果。而结果是此,非彼。精确甚至狭窄。但这些瞬间将重新加入模糊而开阔的运算。

直到下一个新的表情来临。

**80**

你回想起生命里知道过一个人,并且觉得知道这个人有教益,这就是一段好际遇。

想到这个状态的时候,就是我心底像水一般的时刻。这是我要的友情——两个模糊的人,相互确认这片模糊是一个清晰的形状,并维持自身。

亲情倒是一件很激烈的事。因为这样的情感其实没什么宽容度,是没有缘由的应该。

友情难一点,因为不像亲情一样几乎没有选择。而友情的道路,最好就是渐渐没有其他选择。

**81**

讲述是一种陪伴,无论真实还是虚幻。

游戏里的人多认真,谎言里的骗子怕伤人。

**82**

了解无数种热烈的可能,却因无法面对彼此的真实,而变得彬彬有礼。

**83**

一个人的羡慕,会让他一直谈论,或者一直不谈论。

**84**

我一直有个想法,人对最排斥的事情,过去总是有一些最原初的类似念头。

也就是说,你很有可能喜欢过你现在最看轻的事情。

但人之为人,也就是在这些克服里。你克服了你的以为然。从以为然到不以为然,或许可说明你看待世界方式的转变。

那句话很浅显:
一个人的目的地,不是一个地方。而是新的观看方式。

## 85

三个人在外面吃午饭。母亲说起她昨天卸妆的时候，用了某种洗澡用的海绵。她说，原以为挺柔软的，但用来清洁皮肤还是疼。然后她说着说着突然哭了起来，说外婆在瘫痪并丧失语言能力以后，阿姨是用这种海绵帮她洗全身的。她说，外婆就算疼，也说不出来啊。餐厅里零零散散坐了些人，母亲坐在那里，脸埋下，肩膀颤抖。我大概被她的话打到一下，反而不知道怎么安慰。像个木头一样，不敢看她，只能看向餐厅的另一边。我说，妈，别哭了，别在外面哭。

我身上女性的一面不见了。我觉得自己像个青春期里不知怎么表达情感的男孩。

吃完饭去游泳。我先跳了下去，她在室外晒了一会儿太阳，脸朝下，有点像小孩。我游到一半的时候她加入了，我正好抬起泳镜清一下内层的雾气，看到她的眼睛。我们点了个头，像两个男孩之间的那种利落的点头，然后我转身游走了。我一转身，在水里开始流眼泪。觉得自己不会表达，让她被迫学着坚硬。

这些天如果有机会，会和她一起走路去游泳。天还剩下一点暑气。我走路喜欢把手臂绕在她肩膀上，她怕热，老要把我推开。在我成年之后，我总想让她多感受一些物理上的亲密。搭着她的时候，我觉得她的肩膀比以前低了一点。她大概缩了一到两厘米吧。我今天在回家的路上摸了她的脸，亲了好几下。弥补我中午时候的不知所措。

外婆今年过世了。我坐在沙发上看书，看见母亲正拂去钢琴上外婆相框上的灰尘。她的手在那里停了一下，摸了一下。我的眼睛在她的后背摸了一下。我们就这样一个人看着一个人看着一个人。

**86**

女人是未雨绸缪的专家。比如，她们都想提前买好下半辈子的衣服。

但过于有远见的一些人，总是把下辈子的也买了。

**87**

到了泳池发现泳衣没带，有种拔剑四顾心茫然的感觉。不对，剑也没带。

**88**

不时接收到一些友谊引致的重托：

Hey, if I got Alzheimer's, can you shoot me in the head?

**89**

夏天练成了查理兹·塞隆,冬天发福了,至少也是一个发福的查理兹·塞隆。

一切都不糟糕,我想。

**90**

路易·康说过一句有意思的话:

A great building should make a great ruin.

**91**

不知为何,昨天和朋友聊到梦露。

他说,梦露曾经和女朋友聊天时分别写下 hit list。梦露的 list 上面是阿瑟·米勒和爱因斯坦。

而爱因斯坦同志四年后就死了。不知道他对于被梦露惦记的这件事的感觉怎样。

这个 hit list 也部分解释了梦露小姐拍照时为什么总喜欢拿着一本书。

**92**

好作品是把道德困境下人的非正常选择叙述出来。

**93**

朋友对我说："You have the whole duality thing where you're either overconfident or under‐confident. You should get the balance right and just be confident."

**94**

Life is – you take out a dirty spoon from the dishwasher and appreciate it as if it is clean.

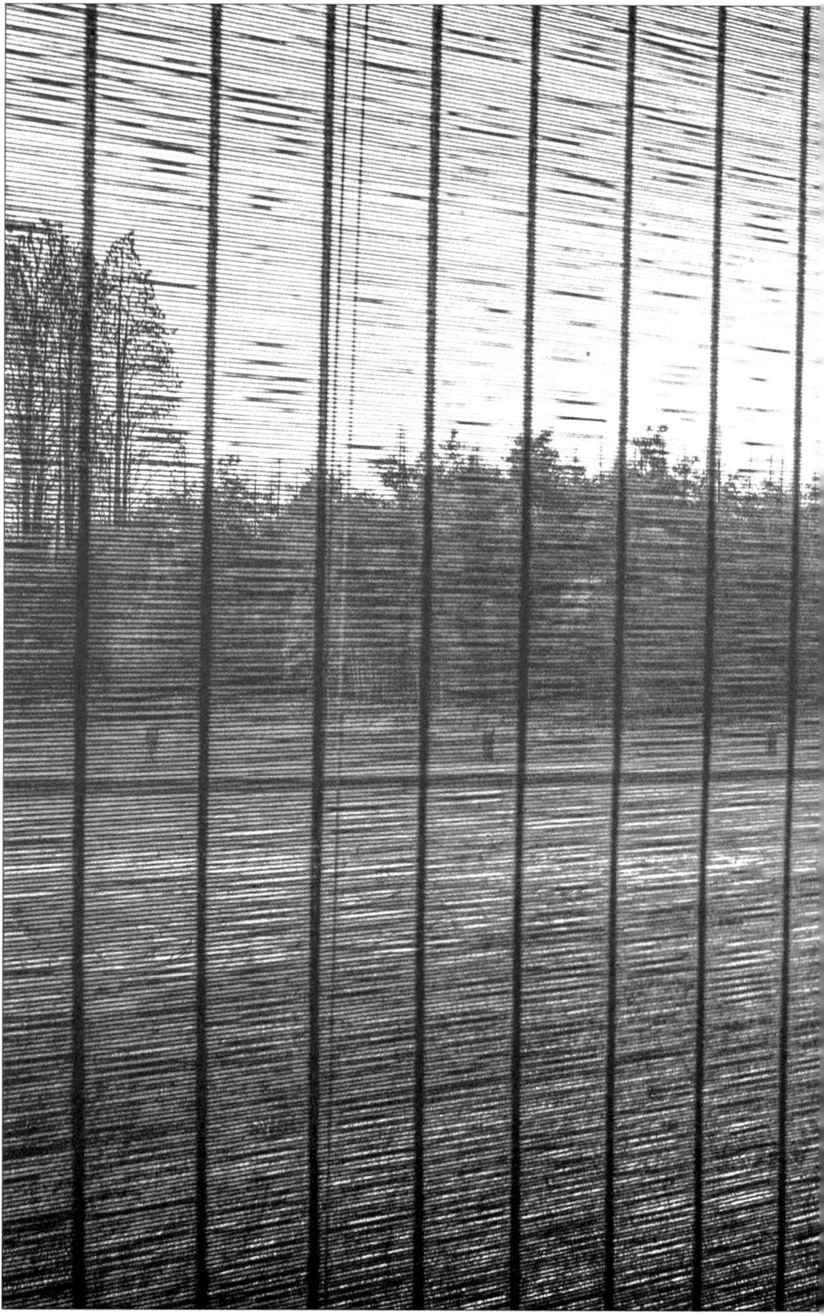

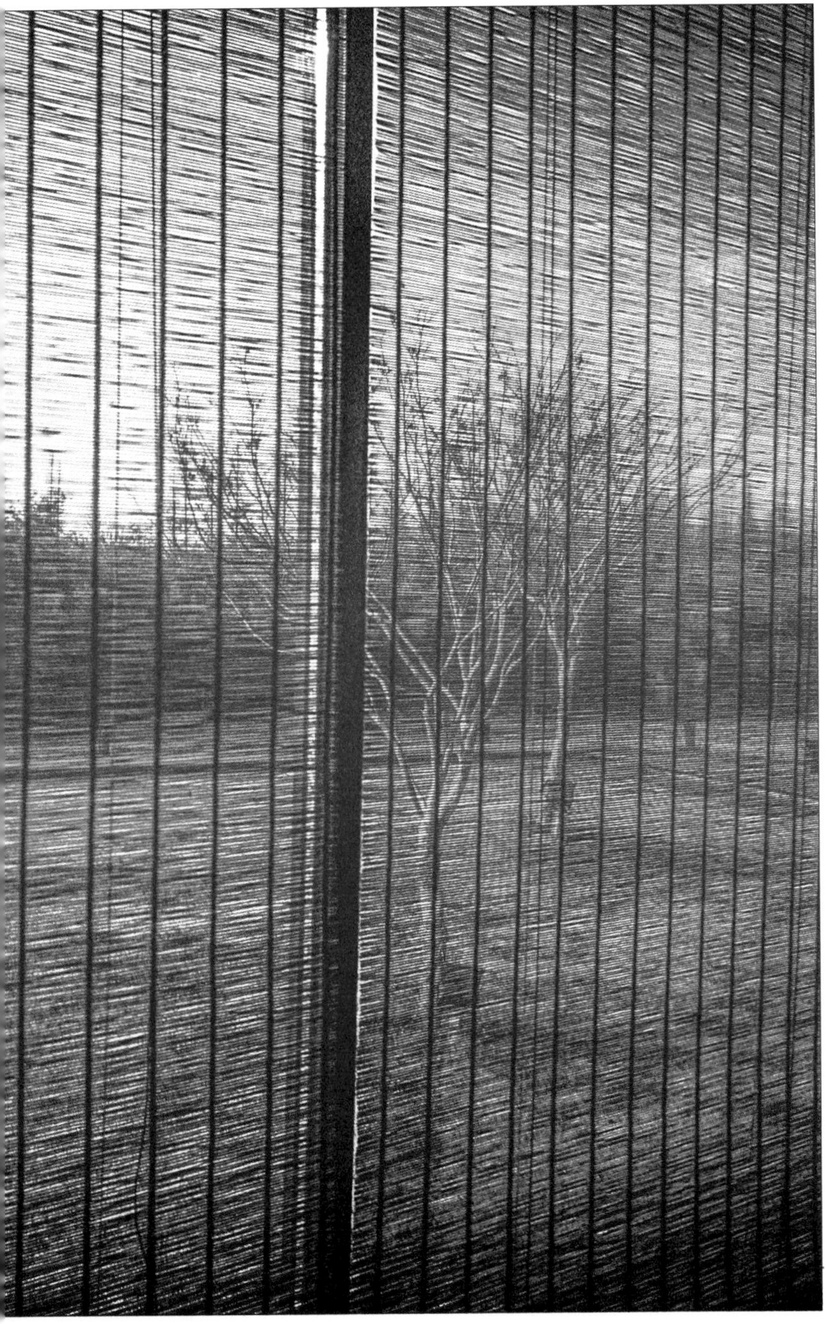

**95**

上个月有个朋友过生日。我坐下来和他多聊了两句。他讲起他和父母长得不像,因为他是刚生下来就在医院里被领养的。他的父母把他当亲生孩子一样抚养长大,他从来都不知道生母的任何消息。

父母并不提起这件事,像一切都没有发生。他领会了父母的情绪,也从来都没有发问。尽管他一直有着好奇。

他突然低下头,说,今天是我生日,我该开心的。我小时候并不会想起她,但我今天突然觉得她可能也在想我——如果她还活着,她或许会在世界的某个地方,想起 36 年前的今天发生的事。

他眼圈突然红了,为了那个他从来没有见过的女人。他心疼她 36 年里每一年的这一天。

生日聚会很热闹,但他一个人在那里哭了。

## 96

达内兄弟的小成本电影《两天一夜》，在一众情节拥挤的大片里还挺特别。玛丽昂·歌迪亚演得好。

其实我很喜欢玛丽昂，戏里戏外。因为她很有人味，而且她并不只是个被类型化的女人。她的笑和站姿都不谄媚。作为一个演员，她选择了这个姿态。

电影很清淡，但有一点我记住了：日常里的崇高。

她苦求了两天一夜，请求工友们投票给她，而不是投票给每个人加薪，好让她保住这份工作养家。她吞下所有药片求一别，却又因他人之善意而回返。故事的最后，老板决定重新聘她，她却说了不，因为这会让那个为她放弃自己的利益的黑人失去工作。她走出工厂的一路，是平地也是向上。

在虚无和无意义之上竟然又长出一层世界，这一层是震惊。也就是在这一层，震惊开始建筑。一个震惊会建筑起另一种震惊。头顶的星空和内心的道德律，不需要庞杂的背景，而需要人成为自己的目的。

这个世界上可能没有坏人，因为每个人都可怜。有好人么？或许。我只知道某些时刻，一个极平凡的人将有机会成为人神，震惊周围，包括自己，并去往那个无法被解释的处境。这震惊里面也包含一种合理，像在模仿古老的悲剧。

这一切并不能用牺牲来解释。牺牲是另一种交换，交换光荣。这与牺牲不同，因为没有人真正失去或得到什么。这是破所有，然后从头立。其中之奥秘不可描摹，竟把虚无也破除。

我偶尔感到愉悦，对于这荒诞上继续建筑的某些事物。

有时我惊讶于人之本身。

**97**

有一天我和老师走在路上,他问起我们这代中国人的父母子女关系。我说了一个细节,然后开玩笑说:"I'm the best daughter ever."

然后一个陌生女人突然斜着擦肩而过,压低声音说了一句:"God bless you."走了。

我愣了一下,笑了。后来我一直想起这个瞬间。

**98**

人总是提前戏仿了他们即将经历的时代。

## 99

· 想做点波澜壮阔的事情，只是现在做不到。烦年轻也因为这个。

· 你知道阿里斯托芬的圆形人要做的事吗？向神宣战。

## 100

· 曾经爱过么？看样子也没有。

· 什么叫爱？命题真大，有种聊岔了的感觉。

· 你总能把大命题聊得这么好。爱就是豁了。

**101**

一张肖像是两个人的作品。照片里的人决定了他给你的部分。

**102**

句子前加一个 Listen，再平常的内容都变得重要了一点。

## 103

想起大家还在写博客的时代：你想起谁，你才会知道谁的生活。人认识另一个人的方式很安静。近不是最好的距离，许多事情都是这样。

## 104

走路去吃饭。路上遇到今天跑完马拉松的人。她的朋友拿着给她加油的海报板，上面写着：RUN BITCH, RUN.

## 105

想起去年大都会有一个展览,没记错的话标题应该是 Madame Cezanne。

二十多幅作品,一个神秘的、面无表情的女人。两人的关系开始于地下状态——塞尚的家里不同意,于是他们很久后才公开。公开前她为他长久地坐着。画她,还是画苹果,大概是心情问题。我记得,在每幅作品里,这个女人的长相几乎都不同。可以猜想的是,她是个长脸,长得不算好看;她可能有些沉默且刻板;她从来都不亲近。她不近不远地坐着,她是他的静物。

如果塞尚着迷于那种观看的关系,把视像分解于视觉方式的关系——那么她长什么样的确不重要。没有表情的脸才更接近诚实。但诚实又是什么呢?她的眼睛里是疏离的。疏离,很好。她拒绝了,就普世了，敞开了。敞开后，她裙子的红色在色谱中找到一个新的位置。红色不令人厌恶了。温度回到浮动的不可计量的状态里了。这是同一个灵魂的无数变种——在我走过这二十几幅画作之后，这个女人反而驻留下来，不带一个具体的形象。刚才看书看到的永恒化的概念——在瞬间的撤离与重返，以及这返回中时空之颤动。这或许是我还记得她的原因。她在拒绝时成了一个熟悉的人。

## 106

《柏林苍穹下》的片尾,文德斯点名致敬小津安二郎、特吕弗、塔可夫斯基。

其实这部片子不必然要看大屏幕。它当然是一部文学性的电影。致敬这个行为,也是文学性的。

人人都知道文德斯爱小津。但是昨天听到他说,我爱小津,不是机位,也不是风格,而是他让我知道他电影里的人就是我生活里看见的人。他的人物周身有一种光晕,每一个人都是完整的。熟悉的父,熟悉的母,家庭是最神圣的存在。

文德斯说自己早期都是拍可见的。直到在纽约看到小津的《东京物语》，才知道电影这东西是可以拍不可见的。

文德斯还有一部片子叫《事物的状态》（*Der Stand der Dinge*）。这个片名也是他一直在找寻的解答。我们在不同的界域里找着熟悉的部分，对相同的命题沉思和发问。我们在虚构的世界里需要的真实，名叫本质。这是为什么电影会打动人。

时间是河流，电影是河流，我们的追问也是。

我们因一念之相合感到亲密。

**107**

为什么《神曲》是 Devine Comedy?

因为喜剧在中世纪指逃脱于祸患的叙述文，而悲剧指大人物没落的故事。

**108**

一种学科里的美，如果达到某种高度，必然具有另一种学科的美。比如音乐里的数学之美，绘画里的物理学之美。

因为这时候的美是由本源而来的。

**109**

无条件的有效性。这几个字已经说明了许多事情。

**110**

纽约的艺术家少,艺术爱好者多。

**111**

阿多尼斯的句子,别的都记不住。只记得住这句:"是的,光明也会下跪,那是对着另一片光明。"

**112**

一个朋友去捷克,在一个叫克罗梅日什的地方,他问一个老太太关于1968年的事。她回答,那都是他们城里人的事。

**113**

在找到自己认可的路径之后，你完全有权力烧掉过往的所有作品。

**114**

回家上楼，电梯快关门时走进一个年轻男人，西装领带，左手一大束玫瑰，右手夹了两支酒。身体像被拔起来般笔直。

我心里想，年轻人有备而来。

我按好我的楼层，问他 which floor，他说，23rd please。声音颤抖，像个快要上台的选手。

## 115

每天遇到各种门卫、收银员，问题都是一样：How are you today?

回答 good、fine 都让我觉得很不真实。我怎么能把复杂的一天集中于一个词呢。这会启动我对生活的怀疑。但我找到了一种不被问这个问题的解决办法。

还没等人开口，我一个箭步走上前： Hi, how are you today?

有朋友说：

Maybe I should say, worse than yesterday but better than tomorrow.

也有人说：

In bed? Excellent, and you?

## 116

想起以前和一个文科男的短暂交往。他每天写一段故事，作为前一天故事的延续。他觉得这是情书的一种形式，但可惜，他写得很抱歉。

我每天读一小段，每天的感觉就少一点。读到第十天，什么感觉都没了。

在这种时候我觉得沉默比说话要好。对于不对的两个人，沉默是一种延缓。延缓是延缓情绪的扩张——这个世界上很少有人值得我们花费巨大的情绪。

激动人心的事物，寥寥无几。这是上帝让人过完一生的一种平衡。而当你明白那寥寥无几的背面隐藏着无穷无限，你对顺利过完一生也失去了某种渴望。

## 117

听过《哥德堡变奏曲》很多遍。但我以为最好的一遍，是在格伦·古尔德的纪录片里，他的葬礼上的那一遍。

## 118

这个时代最大的陷阱就是现世的掌声。

"他可以死了。"是对活人的最高评价。

## 119

每个人身上都背着一个时代。它存在于日常，在个人的克服与顺从中得到确认。

## 120

Z的父亲过世了。与避而不谈相反——关于这个空缺,我会问问。他在离群索居后,活得深了一些。感觉慢慢浮上来一些时,开始能开口说话了——

一般的人总是先感到自己有个身体,然后为这个身体去找灵魂。而另一些人总是首先感到那个灵魂,然后为它找到身体。成全自己,应该从这个层面领会。人是断然的,携带着自己的气息。时间是一件衣服。在所有的可能之前,断然的人先把自己建立在将来之中。在未来的某一刻,得到了什么,成为了什么,没有意义。意义是对自己的质料的自我觉察。确认一种质料,是在确认可朽性。

他把父亲还没用的纸拿来写字。他整理他的东西,翻翻他的书,那些专业书。还有年轻时候的一些日记。

有几个大盒子，里面大概有几百个切片标本，都是他父亲解剖过的心脏。每一个切片是一种心脏疾病的信息。父亲曾经跟他说，这是偷偷做的，是最宝贵的东西。

这些东西凑在一起，也不能解释"一个人走了，就是一个世界走了"。是的，正因为是带走了一个世界，而不是留下了一个世界——所以我们无从将两端进行比对。火化、烧纸这些事情，打动了他，使得他感受到一种特别根源的秩序感。在这场诀别里，他们日常的所有交谈和不必交谈都退却了。他看到了各种各样的火，在十字路口划个圈然后燃起火，在骨灰堂里火炉中的火，还有想象里送走父亲身体的火。那种力量！但他不知道是和什么在连接，是和什么有那么深刻的关系。它们带给他巨大的安慰，勉强说，是死亡的那种亲和力。死给一切以意义，而不是相反。

有一些人在庆祝活着，有一些人在庆祝人的必朽。人的本质不同，命运就不同。年轻人的相似性就是年轻对本质的打扰。在打扰结束以后，断然的蒸腾才真正开始。人的气息经由不同的裂隙发散出来，而这气息足以炙烤时间。

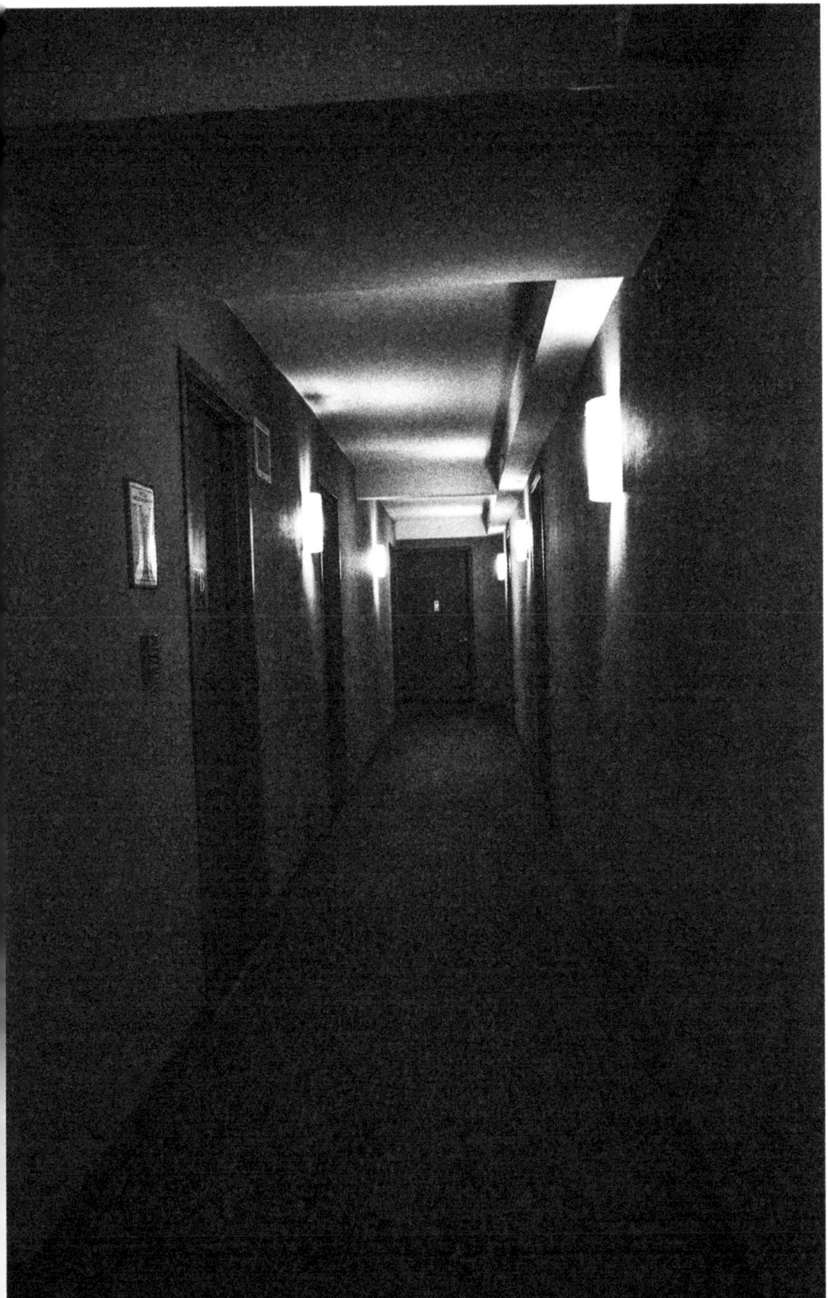

**121**

解决是一个好词。对热情的解决,对烦的解决,对形态的解决,对出现和成为的解决。

**122**

我住的这间公寓的上一位租客大概是一位准新娘。一年后,她曾订阅的新娘杂志依然源源不断地抵达我的信箱。

不知那一天她是否明艳动人。

**123**

看了《将来的事》。

觉得串戏 *Elle* 的时刻,是看到于佩尔走路姿势的时刻。她演自己年龄的女人,走路姿势如一。

其他时刻并不串戏。两种生活姿势。主动地、疏离地被占据,以及被动地、切实地接手自由。

如果我写剧本,我也想为于佩尔写一个。女人的中年比男人的中年丰富得多。

**124**

我往书橱里层翻,翻到母亲在 1986 年买的书。我翻开书页,看到 1986 年的她划下的线。1986 年的她和现在的我,年纪一样大。那个时候我还没有出生。

我看着这些划线,像是看一种痕迹,这种痕迹曾打动过这个年轻的女人。尽管我对母亲那么熟悉,却在书页里发现了她与我隔绝的距离。是的,这是我没有参与过的她的生命。她那一刻的目光与心灵的闪烁、震动,我毫不知情。但这些震动却通过泛黄的书页,把那个时刻的她和她抬手下笔的动作,以及她的可以被猜想的或大或小的情绪,投射到了我的眼睛里。

Project and projection,刚才看另一本书看到这个

联系。我在想，经过思虑的动作、一系列的心灵活动，都是一种能单独成项的非计划的计划、非工程的工程（project）。它可以是念头的抛或发射，而它最终会在未来的某一个时刻，实现微小的放映和投影(projection)。由此又想起 re‐cord，cord 是心脏的词根，所以 re‐cord 是再一次经过心脏。这就是为何记录的原因。

**125**

游泳前看见顾老师发的这段话:"最牢固和最持久的友谊是以仰慕为基础。"——《此时此地:保罗·奥斯特与 J.M. 库切书信集》

我在泳池里倒是想了一会儿这件事。的确,真正持久、稳重的友谊,必然是能在对方身上看见一种自己永不可到达的能力。这个能力,可以有很多种形式,不局限于智力、处世能力、创造力。

但必须是一种会被自己珍重的能力。一顿饭吃五碗白米饭也是一种能力,也是"永不可到达"。但,也就只能在一顿饭的时间里羡慕一下了。

这事得是互相的。不然单方面仰慕的友谊，其中一方可以说是受之有愧。不是互相的，就没有一种张力。对手的张力、对弈的张力，在同一时空中并驾齐驱的张力。吕楠常提起一句话：只有我们对他人有用，他人才会对我们有用。是这个道理。

认识一个朋友不难，但维持真正的友谊难。这是一种合力，两方都无从懈怠。好的亲情，或者好的爱情，最好的部分可能是友谊的那个部分。它并不暴力，也不过于灼热，但它笼罩在整个关系之上，是敞开、真诚与无私。

**126**

过年这几天每天游泳一小时,我瘦了三斤。想到全国人民普遍胖了三斤的时候——不瞒您说,我有一种瘦了六斤的感觉。

**127**

能做的小事:对于你不在意的事情,提都不用提。

**128**

耻感总是比复仇更具压倒性。人性困境里,选择的不可言说性,总是叙事里可以探触的最深的深井。

**129**

导演最好是个典型观众。但作家最好不要是个典型读者。

**130**

获得内心安宁的人,都是价值观稳定的人。

**131**

每次运动完似乎都有一些新的东西注入。

一种镇定,或者,低音。

它一定是把许多跃跃欲试给抹去了。

这是好事。

那种感觉很适合打开电脑写东西。

在某个波段里有一些语言会露出,

并作为一个夜晚或许多夜晚的纪念。

## 132

又在午夜骑车回家。子时的夏夜透着清朗与亲切。

路上似乎多了一些小孩,看那劲儿像是一群高考结束的孩子。我想起我高考结束的那一天,我没有和别的同学对答案。因为是对是错都无济于事。我从那一天一直玩到出成绩,心里想的是:考得好可以继续玩。考得不好,出分前不玩岂不是亏了。当然我的玩法都很没创意,看书看片,或者出门和同学聚会。听上去和现在的生活差不多,只不过那时候的逗乐更依赖于他人。

出分后心情不错,继续玩到录取通知书来。信箱里收到通知书的那天正巧是我的生日,十八岁。我记得那天我有一张低头许愿的照片,白色的裙子,梳一个马尾辫。那时候的愿望都很不具体——具体了就容易挂一漏万,不如发愿前方桥都坚固,隧道都光明。像诗歌里说的那样。

那天之后的学习更多需要自觉。对各类事物的好奇与求知欲反而在闲余时与日俱增。若有怠惰，大多会在一段时间后醒觉，以人之必朽策动自身，以期坦然面对飞逝而过的时光，使每一天都在已逝的限制与将至的无限中重新开始。我大致是一个乐观的人，所以总是能说服自己充满新的学习的动力与能量。

刚才骑车的时候我依然感觉如此自由。依然是因为人之必死，所以我相信人应当把每天都视作发端，无论昨日是多么美好或者令人失望。发端是有力量的。正因为这样我对自己与他人的年龄感一直很薄弱，因为我所见的只有力量，而没有年龄。有力量的年轻人是少见的，因为自知也是需要时间的。有力量的年长者也是少见的，只是年岁渐长，会有更大的发端的力量。做到这点的人，总是令人钦佩。

## 133

不够宽容就是不够冷漠，差不多的道理。

## 134

前些天做了一个梦。和一个爱过的人在火车上，不知道要去哪儿。我们站在车厢门口，聊得海北天南。到站了，我说，下一次见不知多久以后了。他说，两年吧。我迟疑了一下，但答应了。

车门关上，火车开走。

车提速了，风景开始在车窗外暂留又飞走。我想，不见也没有关系。两年很短，十年也很短，余生其实不长。感情是个寄托。有人可寄托，已经幸运。而坏的情况是没人担得上这个寄托。

然后我醒来，开始对时间这个概念更为淡漠。

**135**

最好的笑话都不太善良。

**136**

读到一个观点:哲学家的理性世界,宗教家的神性世界,道德家的自由世界——"另一个世界"的三大来源,都是出于"厌世本能"。

**137**

诚惶诚恐,随心所欲。

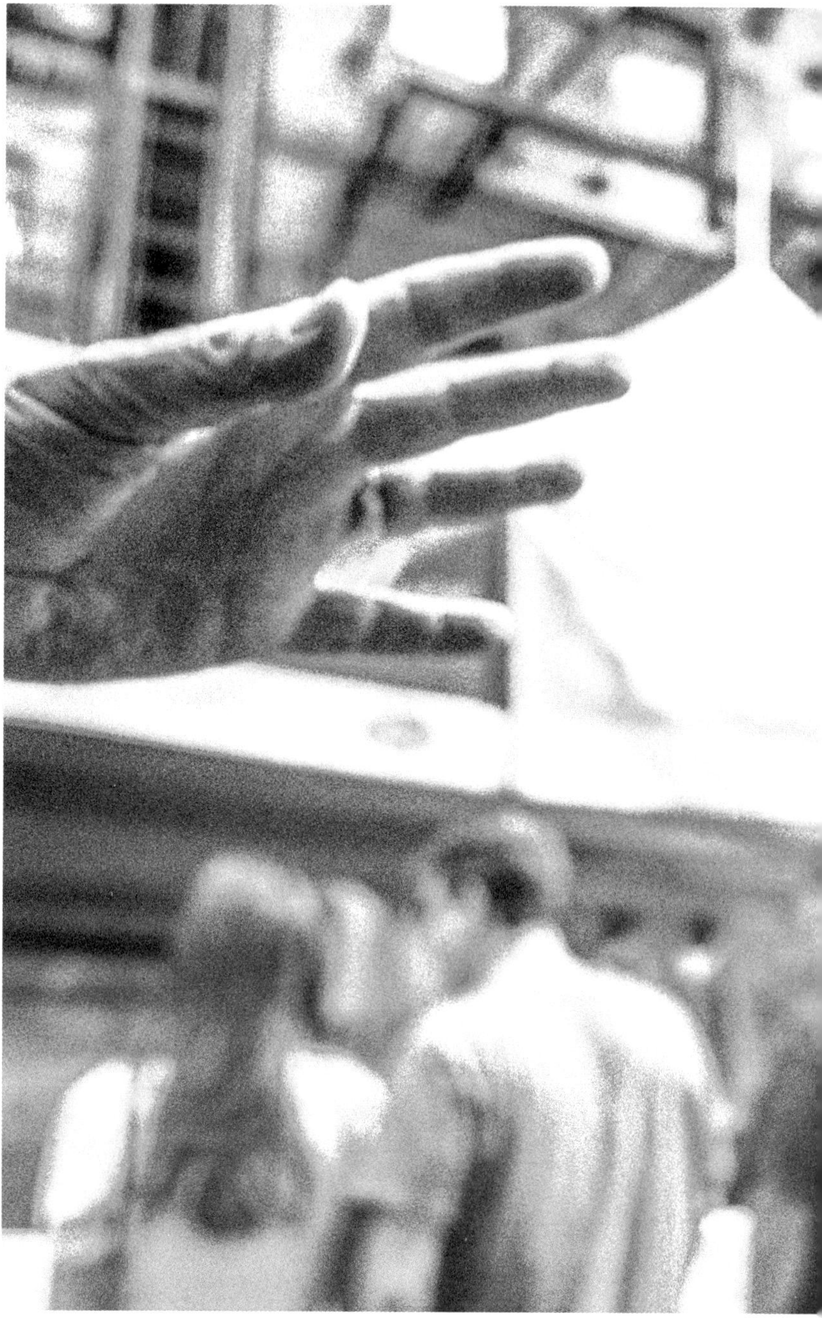

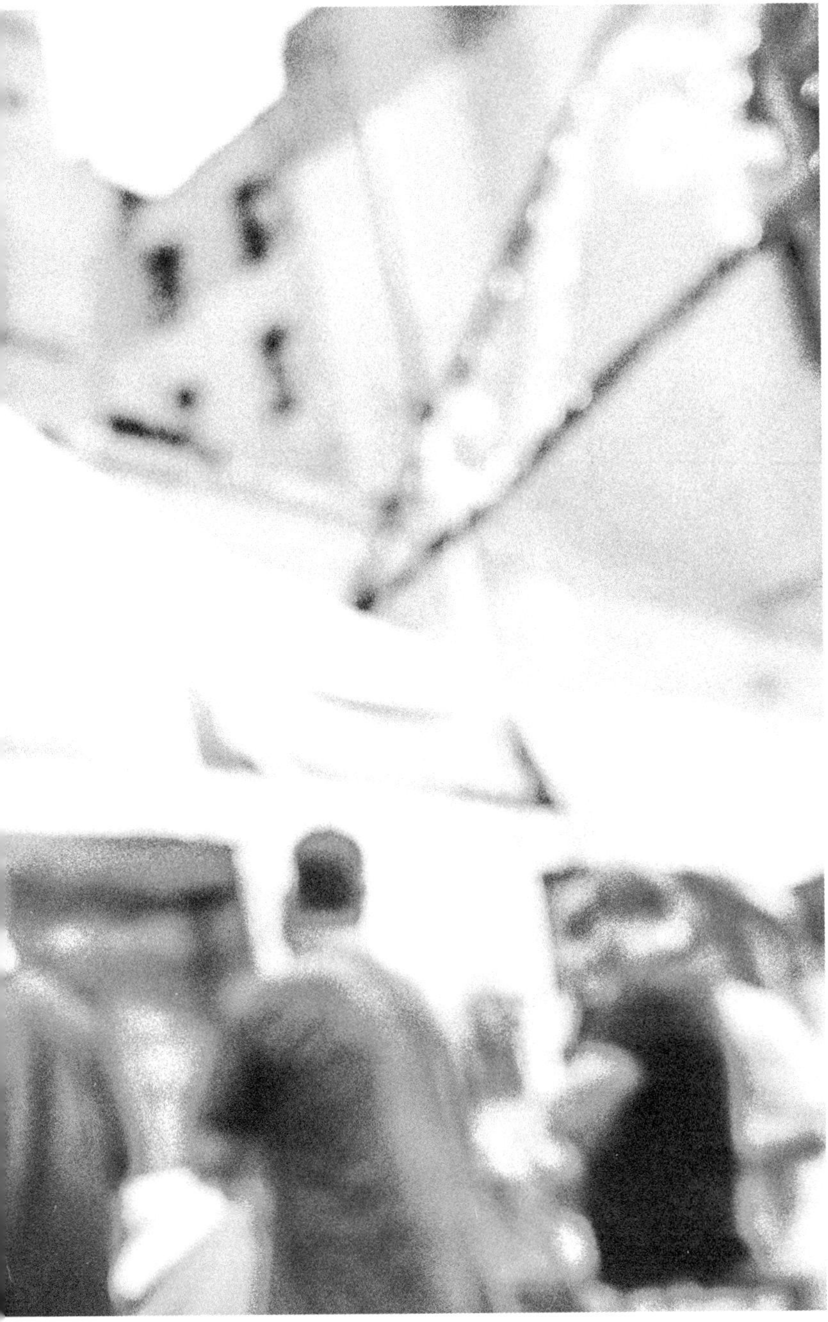

## 138

伟大的朋友推荐了我一张伟大的专辑,我听着它在一个伟大的秋天的夜晚跑了一个伟大的步。我坚持用一个形容词是出于对形容词的厌恶。但世界被形容词糟蹋了,而形容词早就被人糟蹋了。这一切无法折返也无法戒断。

纽约的哥们在 WhatsApp 上扔来一个问题:tell me what kind of party you are at? 我说:I'm running on the street, alone, and you will understand how great it is. 今天在某个街口,绿灯亮着,我维持原速穿过街道。就像我在 9th Avenue 往东跑回家,算准红绿灯,一路通过的感觉是一样的。我就是在这些时刻感到重叠。重叠就是准确,对我来说。对时间空间的取消,暴力得很。

最锋利的事情就是准确。没什么,就是突然想到的。Z讨论一件事,突然说,你呀,不懂人心。世界就是人心。我觉得我懂。我今天对一个朋友说,人不会一直感到幸福。说完这句话,我觉得我煲了一碗特别冷淡的鸡汤。

今天写了一版词,词有点大,隔夜会凉。一个朋友看了,说,你觉得人们认为,他们听到了,就有了吗?曾经不是这样的。那些词,听到了,如果觉得是在说自己,那就是僭越。我说,那我写的时候也是僭越了?绝望才会这么写啊,侬晓得伐?我想起今天跑步一开始时在想的问题,尽管我跑着跑着忘记了——但通过一种相同的跑姿我又想起了——在一切其实已经毁灭之后能做些什么?是做一个文明的怨妇，一个痛恨生活的人，还是对不可知献祭的人。这三个人是不是同一个人？还剩下些什么？我们早取消自己了，一次一次，扎实。我今天算是想明白了，剩下的是战栗。这是我们唯一可以导向并期待的事情。余下的，没人可以阻拦。所以不必阻拦。

在确认没落和毁灭的猖狂之后，哄人活着是一个技术活。世界上最需要哄的就是两种人，小朋友，还有就是独裁者。又及。

**139**

美是精确的、专制的。美并不自由。

**140**

体脂率低的人,皮肉薄薄一层,笑起来总有点像小猴子。

**141**

"对简单物的要求就是对意义确定性的要求。"
控制 – 单纯。

## 142

我走进电梯。有人也下楼。

突然,这个男人问我:Do you want a child?

我想,不会吧,这么快?

他停顿了三秒后,指了指腿边的小胖狗: She is having a baby!!

## 143

几天前从 Penn Station 走出来。我想起这就是路易·康死去的地方。在车站的某个男厕里。

别人发现他的时候,他随身的护照上,名字与地址那一栏已被他涂黑了。他在最后的时刻选择做一个匿名的人。

## 144

与一个真正的胖子分享一条泳道——

我突然明白古诗里"一叶扁舟"的况味。

## 145

朋友说,最大的尴尬,不在于被别人看见,而是被自己看见。

## 146

对一些事情的耐心越来越少。

但我知道这可能不是坏事。

**147**

我一直不知道《窃听风暴》的主演乌尔里希在片子上映的第二年就因胃癌去世了。我一直记得他在沙发上躺着读《回忆玛丽·安》，也记得他几乎永远克制冷峻的脸。

看了一个报道，其实乌尔里希的妻子也是史塔西的线人。当时超过 600 万人被建立个人秘密档案，而东德公民大约只有 1800 万人。史塔西大约有 9 万探员与 20 万线人。柏林墙倒塌后，1992 年起，举报材料可由公民公开在档案馆中查阅。身边的线人们开始浮出水面。

《窃听风暴》的英文片名叫 *The Lives of Others*。是德文片名直译。直译更好。

## 148

今天学到：不要太聪明。如果人比作品聪明的话。趁早改行吧。

## 149

真正的好艺术，是不会让你有"我也可以"的想法的。它要使你有一点敬，甚至有一点畏。而这份敬与畏是让人难以开口的。

如果你能轻易评论一幅画、一段音乐、一首诗歌，不论你是在批评还是赞美——那么也只是说明这件艺术没能到那一层面。

我相信，就算你很蠢，你也要相信自己这一次。

"真正伟大的东西，它能包含它的反面。"

## 150

昨天是《德州巴黎》的 4k 修复片放映（调色用的是 2k）。前 30 分钟我近乎失忆，像看新电影一样，但之后的情节全都能记起。甚至当时看的时候注意到的微不足道的小点。我在想记忆到底是怎么回事，为何丢失了某一部分。

看到一半的时候，旁边的陌生男孩开始拿出纸巾擦眼泪鼻涕。声音太响，我反而因为听见而有些尴尬。电影总是与生活并置，如果我们有内容可与之陈列。

《德州巴黎》并没有触发我的某一部分。我以为绝望和人之间的不可理解是生之常态。本质上文德斯是暖的。

他在开场前介绍了这部片子。他说他当年拍到一半时剧本写不下去了。把所有人遣送回家后，他写出结尾的对话，才拍完此片。

片尾的时候我想，红色是冷的颜色，燃烧的爱和嫉妒也是。不那么爱了以后，可持存的爱才刚刚开始。我们都会成为很好的聆听者，因为我们在那面单向的镜子里看到的还是自己。我们因误解得到了赞扬。

## 151

不要写情感,要写发生,情感留给观众。

煽情的作品不是一流的作品。因为最难的不是让人流泪,而是表达的分寸。

## 152

我没有见过一个聪明的人是不孤独的。

## 153

对艺术家来说,如果他的灵魂是凝聚的,那么他的局限就一定是他的伟大。按部就班的人拥有着某种巨大的自由。沉默的人早就把癫狂献给了别处。苦修难道不也是一种放纵么?不像厄运的喜悦不足挂齿。

他能拥有的伟大友谊就是把无法向别人说的话同某一个人说,并同时被赦免。这人究竟是谁,其实也不重要。人最终只能做没有退路的唯一一个梦。

## 154

古人画石头，它训练的就是一种宇宙观，就是给你一个先验的宇宙图示，也就是我们认为的真实。以小观大的本质还是以大观小。石头小，但它也是天地造化，也是大。观石，观的就是这个造化。

## 155

相信自己的直觉。你觉得不是个东西的东西通常都不是个东西。

## 156

探讨 A，最好穿越 A，而谈论 BCD。

如果 BCD 谈得足够好，那么，在你谈论完的时候，探讨 A 这件事情，也就完成得不算太差。

**157**

好摄像师有好耳朵,好录音师有好眼睛。你以为你在做局部,但你从来都是做整体。

**158**

学习,尤其是自学,其中一个原因是出于对一知半解的厌烦。

**159**

看雅思贝尔斯和海德格尔的通信节录,看得感动。学者之间的冷静与真诚。

人应该葆有这样的交流,使得你们成为这个世界上少有的能互相理解并能尊为对手的人。

其他的事情不必在意。

## 160

走路时听广播,听到主持人说他看过一个日本电影,内容是:一个人死了以后,会被一个鉴定小组访问,然后你谈论你一生的故事,他们最终会选择你一生里最重要的一个时刻,然后你被允许回到那个时刻里,并在那个瞬间得到永生。

我喜欢这个概念。

我想起一个朋友所说:什么是好的关系? 你回想起来,这个关系里有几个好的时刻,就算是好的关系了。

是,只要几个高一点的时刻,不庸常的时刻。高一点,少一点。敲在心脏上重一点。这样的话,死的时候,就不会给鉴定小组太添麻烦。

**161**

高速摄影用在运动状态里真合适。另一个用法是在肉眼以为的静止里，然后观看那些随着气流震动的微薄的翼。

蝶泳最好看。纯纯粹粹的荷尔蒙。

**162**

早上起来突然想起有个剪头发的预约，打个车赶过去。我下车前，司机接到一通电话，激动地说了一堆印度语。放下电话他说：我老婆打来的，她怀孕了，刚才告诉我她的羊水破了，我送完你就赶去医院。我祝他好运，并提前下了车。

今天纽约下了第一场雪。

**163**

人对某些事件的关注程度,是因为这些事件里的死亡人数达到了他们的心理阈值。

然而,每一场死亡都是个人。

## 164

夜跑的确让眼睛感到舒服。眼睛才是最好的感光系统，所以在傍晚或日落后，没有直射光线的时间里，草地会蒙上最油润的绿色，楼房会蒙上最绒密的蓝色。总之那是一天最好的时候。我希望拍一部片子，把所有镜头都局限在那种强度的光线里。

## 165

叫年轻男人小鲜肉是长期物化女性之后的反向力，是被压迫的另一个性别的复仇。但这样的反向力，也正说明了复仇者的来历。

单纯的反抗只是最初阶段。选择一个反面，也将被反面所困。事物要经历反，过正，才会到正。多数的女权，还处在选择反面的进程中。然而最好的战役，心里是没有对手的。

流行词汇是时代进程的提炼。信息爆炸，大众通过标签快速检索区分。传播者主动运用标签，这是传播的需要——一个概念，反复敲击。接收者记忆标签，融入群体，用语言表明同类的身份。无意识的合谋。再过一年，说鲜肉，说颜值，就又过时了。总要这样，从 fresh meat 到 pastrami、salami——时间够快，流行十五分钟就风干。

我以前听到生殖器官进入日常词汇还会愣一下。×丝、撕×，等等，以及各种婊。词汇是密码、是友谊、是阶级。也是病毒，汹涌而来，汹涌而去，而语言会自愈。但还会有新的病毒到来。我决意收起所有惊奇。

这背后的本质是统治术。物化是最快速有效的凝固剂。流行是一种动员，是统治方最丰盛的试验田。接受物化，加入物化，就是交付权力。我们所剩下的并不多了。

**166**

"庙宇易建,圣物难请"。

**167**

你是你自己的目的,你是你自己的路。你的每一个举动都解释了其他所有举动。

你要找到自己的消息。找到,并向消息走去。如此艰难,但这才算是活过。

一个人的天赋会使他面临一种命运。同时告别其他命运。

**168**

这需要一些运气。把书合上,你感到有一些东西变了。并不是你获得了什么新知识,而是,你得到了你一直在等待的。就像一幕剧,它本来就在你的血液里。而当它从你眼底掠过的时候,你知道你见证了它。总是有这么一天,有一些发生,让你知道这一天和别的一天有所不同。记住这些很难,因为它无法传述。

**169**

Daily quote:

The future is inevitable and precise, but it may not occur. God lurks in the gaps.

我逐渐丧失了阅读诗歌的能力。我觉得那真的需要一点儿荷尔蒙。所以我很佩服中年后还能读诗的人。诗歌总是年轻人的事。过于直接的语辞，是为荷尔蒙的挽歌。

除非调子足够暗，足够无。这样诗歌才可以得到寄存，因其无理由而丧失消亡的理由。这是为什么衰落能得到永生。

年少时候读的句子，在它们该出现的时候，它们会出现。就像你遇到个新朋友，不管他说什么鸟语，如果你们能谈论博尔赫斯或者佩索阿，或许就能找到一个交谈的支点。

或许你们都已经无法再读诗歌了。但你在身前身后看到许多河流。它们流向无数居所。你认出的过往，是你弃绝的过往。而真正的交谈，只可能发生在某时某刻。

**170**

有一天，我游完泳，吹头发。从镜子里我看到一个老年妇女的身体。她的背松了，胸部曾经的填充物上，盖着下坠的皮肤。可是很奇怪，这些堆叠，有一种吕西安·弗洛伊德油画里的质感。有肌理感、物质的世故感。

皮囊只是换了一个样子搭在人的骨头上罢了。我没有觉得这比泳池里饱满的、在透明天顶下闪光的年轻男孩的身体难看。

有时候我会同情一个人在衰老进程里的脆弱。这属于心理的范畴。就像你眼睁睁地看着一个人的希望在一点点丢失。

保持好奇的希望（某种意义上这是保持自我意识里狂傲的希望）、可以失败的希望、爱一个人的希望。

我看着她，想自己的五十年以后。我希望我在渐渐丢失这些的时候，我还能懂我。这事情不能靠别人。别人的同情，总有差错。

人的皮肤有顶峰。有顶峰是一件尴尬的事，因为前路后路，都是下坡路。

我宁愿没有顶峰。

想起一句话，大意是：在一场预先就知道会失败的战役里，人要对自己的尊严表示敬意。

## 171

那日送机。我在机场里哭得晕晕乎乎的,走路也不太知道样子。一别不算久,但毕竟不是身边的温度。回家开门锁时又哭了一场。晚上开始发烧。

爱别离之苦,每次会随着年纪增长一些。小时候不懂分离。年轻人要消化新的遭遇——茫茫的前方,意料之中的意料之外。母亲说,你有了孩子就懂了。

这几年在外,日子过起来都快得像飞,心倒是一次次软下来。

下午还是打起精神出门工作。走在路上想到一点：在这个城市里，以前不知道自己是一个人。现在知道了。在纽约给爸过了生日，也提前给妈过了生日。不知道他们在吹蜡烛之前在想什么？我没有问。

我反而不许愿了。生活之上的事情才需要愿望，而生活本身并不需要愿望。生活是明明白白的无可奈何。

**172**

不知道的时候,就说是后会有期。

**173**

当我们言说爱情,是白马非马与马非白马的状态。我想它可能并不存在。 如果说,人说话是因为人应合于语言——那么人相爱或许也是人应合于爱情,即使我们并不认识这种召唤。

最动人的情感不属于爱情。最动人之处,个人几乎是消失的。爱情是一种途中状态,不是抵达。关乎抵达的事情仰赖于命运的参与。情诗也并不是最好的诗歌。因为占据时间的诗歌总在破碎之处。

**174**

在我们因沉睡而安宁的时刻,时间在黑暗中赶路。

**175**

人之自身,本就是一个无底洞,本就是一个悬崖边。

壮举、恶行,都只是微弱的一念之间,在事后,却获得了异常明确的裁判。

**176**

珍惜因无知而羞愧的时刻,这是永恒的畏惧,故是永恒的推力。

明确无知,是一种良性品格。

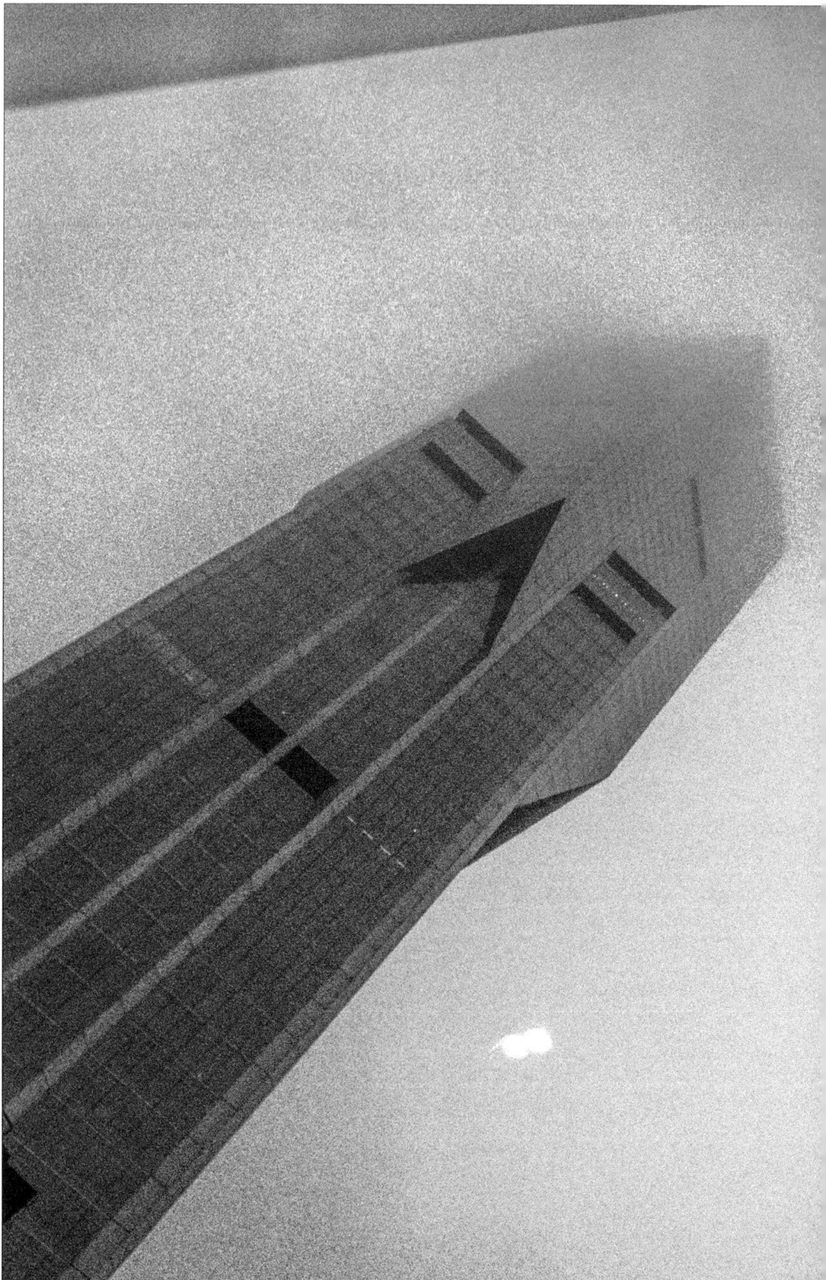

## 177

我把看得懂的书都归作闲书。多读一些自己看不懂的书。你并不会真正欣赏一个阅读你毫不在意的那种书的人。同理,你也要看重自己的阅读选择。只有你自己聪明一点了,你才有可能遇上聪明一点的知己。知己就是知道你的人。

别指望聪明得太多的人来知道你。不是他们不懂,而是他们不愿意。

**178**

人本能地选择接近同类,远离异类。并非因为异类劣等,只是因为人懒惰。

**179**

最值得琢磨的,仍是小偷的慷慨,歹徒的仁义,以及妓女的爱。

**180**

一个人的作品,是一个人尽最大的可能为自己所做的辩护。读海德格尔和策兰有感。

**181**

我们的肉身终究是动物的一种,所以我们需要不断克服自己。

克服欲望,克服恐惧,来获得无性别、无年龄、无死生。

在过去左边和未来右边活着,才能逃脱当下赋予我们的审判。

**182**

我妈曾经说她用眼睛就能测温。我在整理文案,抬头看了一眼窗外。我想起她的这句话。

终于真的冷了。空气清冽,远方过于可见。我看见道路尽头的高楼,室内的灯光因为电流的频率而闪烁。

这个清晰的城市像一个巨大的真空体,当我看着它们,它们就慢了下来。每一个移动的物体都在等待起飞。

**183**

回邮件的时候偶尔抬头看窗外——云携带着间隙覆盖在城市上空稳步移动。不知为何它像一种进攻。

**184**

去学校的路上看见系副主任。以前也遇见过几次。他走路像梦游,使我不好意思打扰。他一直像个"之外"的人。

我还在学校的时候,做过一个短片。采访了系里的许多人。剪成片的时候,他是最后一个。因为他前不着村后不着店,没有办法被剪进两个人中间。

他复述了威廉·华兹华斯的一段诗,念到最后一个字,他停住了。 他把头向右后方倾了一下,以此确认这一刻沉默的正当性。句子被延长了。

我多给了他两秒。在他倾斜的坐姿里转黑。

他的确是那个短片里最会把字念在点上的人。他曾是一个演员，事业并不得意。他长着一张属于戏剧舞台的脸，而不是荧幕的脸。他是同志，没有家庭。他看上去有许多故事但他从不谈论自己。

我想起他走路的样子。我想这好过一些得意的演员。不得意里有一种自如。

我倾向观看不饱和的人。灰阶里有许多不被讲述的部分。

## 185

我今天最大的收获是从克尔凯郭尔这儿学了一招。

逛书店遇到 *The Sickness unto Death*。是克氏用假名写的书。查了一下典故：

"克尔凯郭尔写了大量的假名著作。假名不同于笔名，它代表作者是站在某个特定的立场去写作，并不完全代表克尔凯郭尔本人的想法。克氏在自己的笔记中说，约翰-克里马库斯（克尔凯郭尔的假名著作《哲学断片》和《最后的非科学附言》的作者）和安提-克里马库斯有许多共同之处，但约翰-克里马库斯境界相对较低，他还不是一个基督徒。而安提-

克里马库斯是一个处在高级阶段的基督徒。克尔凯郭尔认为自己的境界介于约翰-克里马库斯和安提-克里马库斯之间。"

我觉得三个名字是很好的选择。人应该公开接受自己的各种状态,并用一种固有的意识形态说话。这样能保持稳定的参照点,并利于追索。

## 186

我没有写过诗,也不会写诗。

但或许有一天我会试试。在经历过不同的表达方式之后,这毕竟是一种出路。

关于并行、自供,关于不精确里的精确可能。

我时常因语言的自由感到惊讶,尽管它同时也是枷锁。

语言是有机会与时间对决的——因为它摆脱了材料,更轻盈也更艰难。语言的弱点是它的藏匿。所以诗歌、碑文给了它具有仪式和正当性的机会。在它持存时间之前对它自身的持存。

**187**

艺术家的纪录片是不必要提供所有信息的。不然可以看维基百科。艺术家还是少说话好。接受镜头就是一种牺牲。作为拍摄者,要一直意识到一点:镜头入侵生活是一种剥削。如果有任何一个人允许你这样做,那么每一秒都要替他/她感到错愕。

**188**

闲话：Maysles brother 当年拍 *Gimme Shelter* 时很缺人手，因为当时专拍纪录片的摄影师并不多。于是他们雇了一堆年轻人。其中一个年轻人是 Albert 在船上认识的一个半疯的人，说自己是电影人，但其实只拍过毛片。但他就是那个把纪录片里 stabbing scene 拍下来的人。还有一个小伙子拍了一大卷，拿回来一看都是黑的。这个小伙子后来成名了，叫 George Lucas。

**189**

不怕泳池小，就怕胖子游蝶泳。

## 190

天刚热起来的时候,我在东村和朋友吃完饭散步。

马路对面,一溜白衣白裤的海军,在夜色里进城找酒。每个人都高大挺拔、一脸傻帅。白色在夜色里有点亮,街上的雌性动物向他们投去注目礼。

我问朋友:

"Are they getting into town, walking on the street, and waiting for girls to pick them up?"

朋友说:"Pretty close. But I think it's the other way around."

这个对话,我想起来觉得好玩。谁挑选谁?狩猎者还是猎物?这是一个问题。

**191**

正常病。在知道人性复杂之后，强迫的正常也是一种病。它们崇拜规则。

人的劣根性永存，人与资源数量不匹配永存，分配的不公平永存，所以，正常是接近却不能到达的状态。正常病是一种不可治愈的病。因为人是这样一种生物——他们的不正常无法痊愈。

**192**

别人看来失败的人，一样可以很完整——只要他接受自己的失败。

**193**

反叛和投机是近义词。因为本源只有一。

如果一切从初始就明晰，那就无从可叛。要听从的声音从来稀罕。

**194**

我的楼都是落地窗,对面的楼也是。

我的楼的落地窗都是茶色玻璃,对面的楼是透明玻璃。

他们看不太清我们。我们看他们却过于清楚,在阳光不强烈的时候或者夜晚。

大概是十二楼,有一个男人会在每天十点整拉起百叶帘,站在窗前对着一面镜子剃须。他作息严谨,几乎和康德的散步一样准时。

有一个房间,只在周五晚上有人。屋子里只有红色的光源。深红深红,没有动静。

还有一个场景,我曾向人说起。一个男人,穿着西装,在昏暗的起居室里拉了很久的小提琴。只有一位观众,坐在沙发里。但我看不清他的脸。

对我们这幢楼的观众来说,对面的人们,穿得很慷慨。有一次路口发生车祸,巨响。他们更为慷慨地站到了窗边,像一排橱窗里等待更衣的塑料模特。

**195**

伴侣是看同一本书和不看同一本书的人。不然就是生活的搭伙。

搭伙也没什么不好,大多数人都是这样。

**196**

爱是找个能说话的人。这当然是难的。

因为你能到达那么多,你也仅有那么多。

爱是看到这两极。

## 197

人最缺的是时间,和对时间的意识。长大以后,要把时间平衡分布到各种事情上。如果每个20岁的人,都知道自己那时候是闲得发慌,这世界又是另一个样子。

人失去一点荷尔蒙是好的。

人不曾知道自己曾拥有时间,并可能再次拥有——多年以后。

还是要求知。求到后,人的辨识力会有差别。而这个差别影响了你下一秒的生活。

生活在命运的轨道上,我无意改变。而命运是无数个选择,所以我依然会选择。就像安排好的那样。

**198**

真的朋友、恋人,都是狭路相逢吧。躲也躲不掉。别人特意介绍的,都到不了那一层。

**199**

劝人奋进的警句,有些时候,只会让一个平庸的人变成一个很努力的平庸的人。

**200**

美国人对生存、竞争是永远好奇的。这从我以前收到的映后提问里能感觉出来。

不过我的片子和生存竞争没有关系。我想问的是命运的事。这话有点大，但说起来，就是一个人如何去渐渐完成自己。

领命，经历命，完成命。

完成多少另说。每个人的观感都不同。

"挣扎不能代替创造。" 说的是这个意思。

**201**

独裁者、艺术家、先知,一种野心的三种形式。

**202**

人是在相信中上升的,而不是不相信。不相信是路标,必不可少;但相信是路。

**203**

路是越走越窄的,只要你往前走。但那里才有无穷。

**204**

一件作品,起心动念之时,已经定位了它与时间的关系。

作品的本质是时间的持存,好的作品,就是能锁闭更多的时间。

但时间也是会消失的。

"伟大的作品要有一种随时消失的气质"。

**205**

前几天和朋友聊天:做学问也好,创作也好,最终是为了人格的完成。如果恰好是一个有趣的人,那就更好。

年轻人立志,然后为。时间会参与进来,慢慢会忘掉自己。因为真正的事业并不是一件私人的事。

**206**

两个创作者相遇——无论成为朋友还是恋人，最好的状态是惺惺相惜。如果能有这样的状态，并有所创造——那么，是朋友还是恋人，也并不重要。

**207**

不想做的事，不想拍的片——早一点知道是幸运的。人不需要活出太多样子。你认真做一件事，会解释所有的事。

要敞开——可以。对爱人，对命运。

**208**

到最后也就是找个可以说话的人。

**209**

阿涅斯·瓦尔达去年来纽约放片。

一个朋友好不容易找到个位子,但特别偏,在第一排挨着墙。她歪着身体,伸长脖子听瓦尔达放映前的讲话。

瓦尔达看到了,说:姑娘,拿出你的化妆镜,以你现在的角度,可以在镜子里看片子。你看到的会和别人不一样。

## 210

水下一个小时的时间里,听了半小时 *A Brief History of Time* 的有声书,又听了半小时的德语日常对话课。就我一个人,等于包场,直到来了几个熊孩子。

前几天遇到一个女熊孩子,噌地游到我面前,从水里站起来。她说:喂喂,你可以和我一起玩吗?我面无表情,说:不可以。

然后我游走了,心里怀有一点点拒绝孩子的歉意。

她倒是很豪爽,在我离开泳池的时候,已经找到了一个四五岁的异国小女孩作伴,玩得风生水起。不知道她会不会记得之前的失望。就像每个孩子一样,慢慢记得,然后披上盔甲。

**211**

博尔赫斯有一句话很好：

天堂和地狱都太过分了。人们的行为不值得那么多。

**212**

最好的友谊比爱要大。

**213**

西方人都是看。苏格拉底让大家模仿，安格尔没有模特不画。还有那个画伦敦全景的人，带着望远镜和游标卡尺爬到高处去。中国人不看，中国人观，风行大地。我们的观像风掠过大地一样，没有死角。

## 214

前天和摄像师谈起《透纳先生》这部电影,他很喜欢,但我觉得一般。

这个原因,和我看见一组摄影作品里模仿爱德华·霍普的光影的感觉是一样的。

我心中是有排序的。文学转译成电影,机会更大。因为它们处于两个维度。电影更侵入,因为时空的重置和被排定的节奏。文学更关乎经验,边界更软,所以更未知。文学转译电影,是把无边界的视觉转成有边界的视觉。转译有大失败的可能——这很冒险,但有其宽容度。

绘画转译成电影,很难。绘画转译成摄影,也很难。这个难,是指几乎没有机会。好的绘画是关于记忆的——那句话说得好,"随时会消失的气质"。既然要消失,那么,我们可能并不需要记忆的另一个模仿品。

转译,要译的是什么?不是那个完成品,而是起始的那个状态。最初被诱惑时的那个状态。一位画家说难以给绘画命名。的确如此。为什么?因为要命名的,不是最后的完成,而是最初的念头。命名那个念头。命名与创作,只有两者并行不悖,才有可能在时空的某一端交错合一。

不要解释将会关闭的解释。

亘古亘今有许多母题,人性的、自然的。我们生于此时此刻,已不自觉地模仿了许多。什么是新的?新的困境引致的新的可能性。我们提出相同的问题,并获得不同的解答。我们在问与答的过程里完成对肉身和此刻的超越。

创作从来都不是简单的事。然而,想要难,想要不可能,需要的是天赋。不然我们永远会止步于某一刻——匆匆忙忙地复述依然滚烫的昨天。

**215**

现实,一场大梦。别人的死会常常让你醒。而你自己的死,是最后一次醒。

**216**

你要知道,知道才是最难的。

**217**

有个同学生完孩子了。

美国人没有坐月子这回事。她今天抱着一只小热水瓶一样大小的小生物来上课,看上去像什么也没发生过一样。

孩子安静又乖,偶尔发出细小的声音,像一只小鸟。

## 218

中国年期间是美国人向你频繁秀中文的时候。

他们会跟你说各种"gong xi fa cai",或者用广东话讲"guang ha fat choy"。当然各种音调的"新年快乐"也是免不了的。

听了这些以后,我决定再也不在犹太人面前秀 Oy Vey 了。

他们还会告诉你今年他们属马,准备穿红色的 underwear. 我说:You can get this luck without telling others.

不过当一个姑娘第一次听到这个说法时,她很幽默,说: Wow, I am accidentally lucky today!

## 219

想到一个奇怪的 stereotype：

21 世纪里，美国的文化艺术系统其实是很精密的。如果一个知识分子或艺术家被这个精密的系统选中，被放在聚光灯下，被谈论——他或她的身上就已带有足够的被美国人欣赏的趣味。

不知道这会不会在他们心中形成一种恐慌？就这么被这群人懂了，值么？

画者观者两皆不知也。这句话是今天看到的。不知为何，每次看到聚光灯下的人都有这个感觉。他们提前丢失了成为大师的可能。

还是要怀疑。一切都是可疑的。荣耀可疑，时代可疑，生时之庆祝可疑。

**220**

做任何长期的事情都需要有精神上的张力，不然也只是为转瞬即逝的东西服务而已。

**221**

若要说这两年有什么成长，或许也就是多了一些认认真真说是和认认真真说不的可能性。

**222**

现代生活是不是把我们感官的最高频和最低频都切除了?

我甚至怀疑人们忘了什么是极端的沮丧。

**223**

亚里士多德在《诗学》中指出:悲剧里的人物必须是好人。

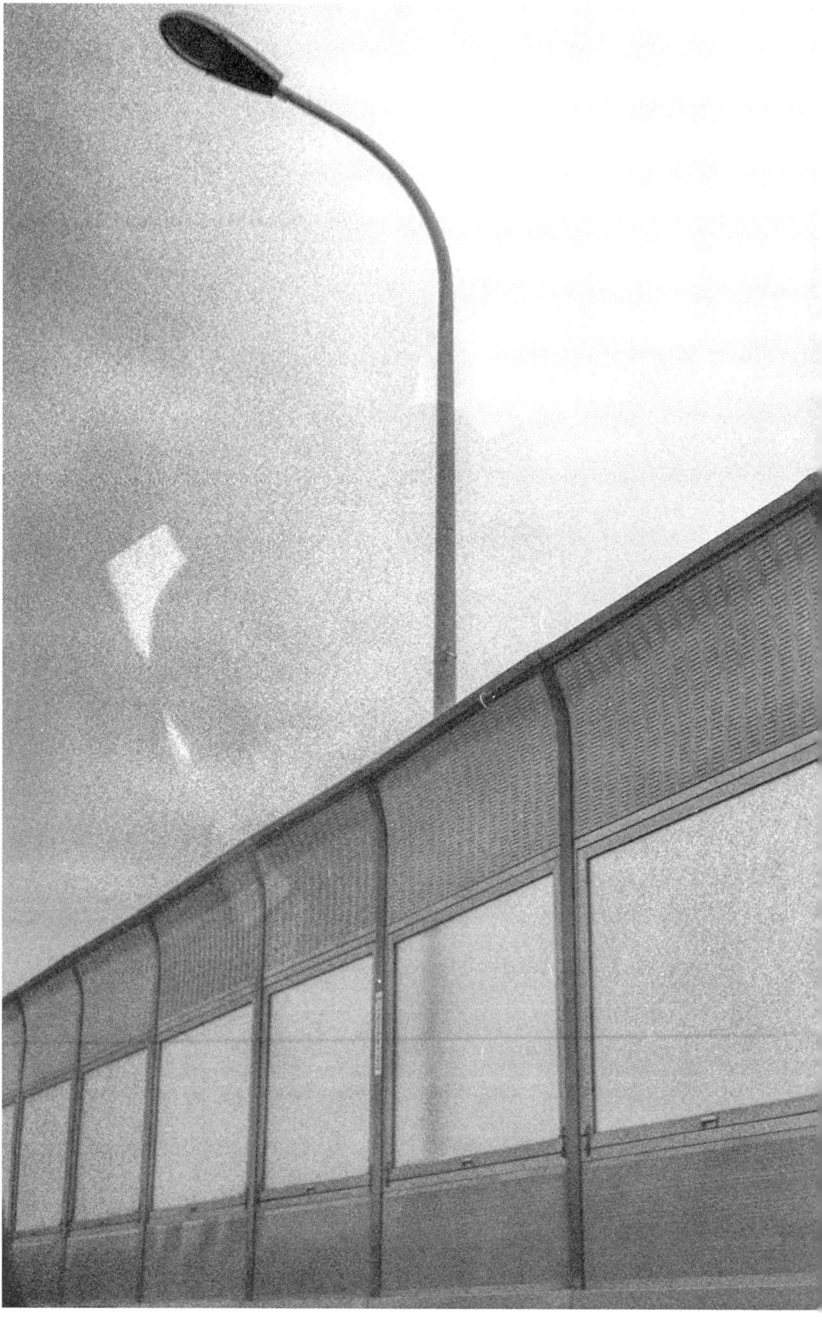

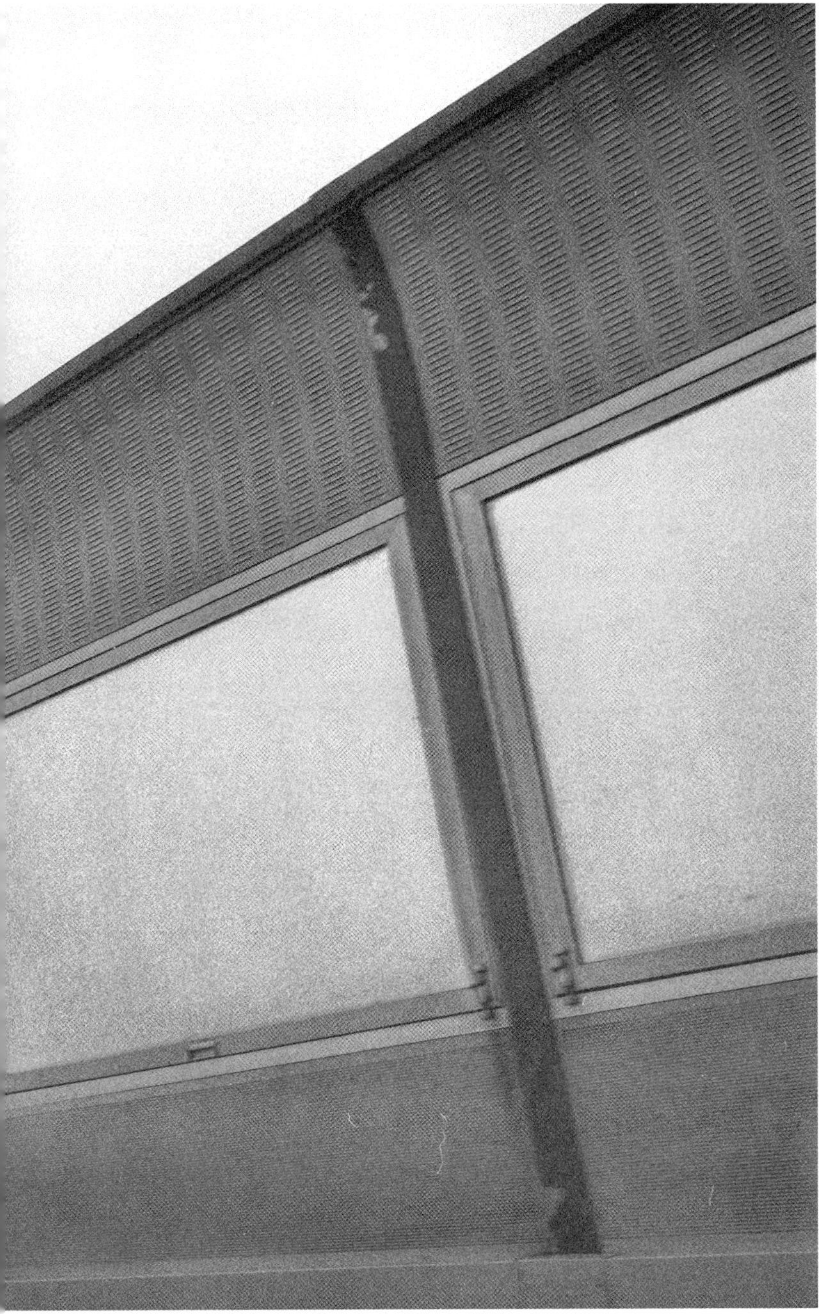

## 224

小时候，我看见录音机就用手去拍，喊爸爸。因为妈妈总指着录音机说：囡囡来，对着这里说话，说给爸爸听。我总以为父亲就在录音机里头。

在我刚开始咿咿呀呀的时候，父亲去美国工作了一段时间。在这段时间里，母亲录下我每天的说话声，托往返两国的同事把一盒盒磁带捎给父亲。父亲拿到磁带，听，然后写长长的信。都是流水账。

母亲说：那时候信都很厚，像记日记一样。生活简单，倾诉却很长。她在单位里收到父亲回信的时候，总是不想当着同事的面打开。她会揣着信急忙忙赶回家，一个人翻来覆去地看，看流水账。父亲在信里说：让纯纯多讲讲好吗，随便讲什么吧，什么都行。于是我在这一头的上海拍打着录音机，喊爸爸，说断断续续的话，念刚学会的词语。父亲在另一头的彼岸，忙完一天的工作，躺在被窝里，反反复复听着同一盒磁带直到天亮。

前天母亲和我讲起这段，又红了眼眶。时间怎么就这么快呢，她说。我也红了眼眶。我想象着年轻的父亲在那时候听着磁带的样子。我想象他曾经有一刻是那么幸福。我甚至替别人都感到了一丝嫉妒，嫉妒一种经过阻滞的、盼望的、并非一往无前的爱。

## 225

游完泳走路回家。街上行人对谈着擦肩而过，透露一些一句话的剧情。一个女人要借五万块钱，两个男孩因为没能带吃饭时的女孩回家而互相埋怨。越来越多的男女坐在马路边，他们松散地望向远处，眼睛里还冒着白天的暑气。

隔壁水果店的老板娘依然戴着她粉红色的耳机，手持巨大的银色话筒，对着摄像头进行每晚的卡拉OK主播服务。她一边唱着20世纪90年代的情歌，一边告诉店门口的客人苹果多少钱一斤。城市生活才是超现实的存在。每个人的背后都有一个世界，而每个世界又各不相同。

我看到手机上的一条留言：

Fan，你不需要回复这条信息。我和你讲话，只是因为没有别人可以讲话。

今天的拍摄很漫长。我在荒无人烟的地方，非常疲倦。

我的问题是：如果陨石没有杀死恐龙，地球上还会形成智慧生命吗？

也许我们在宇宙中是孤独的。躺在怀俄明州中部的这个汽车旅馆的房间里，我感到孤独。

我像每个年轻人一样，低头走路并在手机上打字：

那儿一定很安静吧。我可以听到你叙述的图像。但在宁静之中，风暴即将来临。你是对的，有时候我们就是风暴本身。如果我们忘记了人的必朽性，我们在某种程度上是不朽的。

我缓慢地走到家。在迈步的姿势和肩膀的角度里，每一步里我都是我的父亲。基因使得两具骨骼肖似。这感觉有点古老也有点亲近。

**226**

尽管不应用代际来划分人群——但我觉得我们这代人对于严肃是敬而远之的。或许可惜。如果身上没有严肃的部分,那么幽默也不会高级。

平庸的玩笑是记不住的。

**227**

记得要爱一个知行合一的人。这意味着纯粹、勇敢和格局。我尚未做到,但愿有一天会。

**228**

要看人世,而不仅仅是看世界。

**229**

上海街头的生活气息挺浓,路过一对中年妇女,头抵着头互相报今晚要下锅的菜名。

**230**

关于庆祝,我之前想到过一点:Everything turns me off when it gets to celebration. 我说这句话的时候,是身体里那个年轻人在说话。

现在想——庆祝,这件事,就是对此时此刻的欢愉的确认。爱情是个好东西,也是因为它使人在某些时刻感受那些欢愉。不然人生里的欢愉真是短暂得可怕。我回想起朋友里那些经常因为小事都说"hey, let's celebrate"的人——我原来觉得这太热闹了,但现在知道这不是爱热闹,而是知道余下的艰难。

**231**

看了多兰的《妈咪》。1∶1的画幅，并没有更打动人，我以为。打动我的是两个中年女人的演技，还有多兰对于他浑身的年轻与敏感的使用。故事看得压抑，因为诚实：一是人生的欢愉与平安是那么短暂，短得可怕；二是人获得希望的路途往往是对自身的某部分的切割。就算那个部分是爱，就算这将是她一生最常记起的悔恨。这是她最好的选择。人做出最好的选择是因为没有别的选择。绝境之甜。

**232**

时间是恒定的，生活的疏密却是自我选择。
被迫密。选择密。被迫疏，选择疏。

**233**

在所有的整理项目里，最难整理的是回忆。

人回忆是因为人老了。年轻人是来不及回忆的。他们有新的人要品尝，新的世界要观看，新的笑话要笑，新的伤心要哭。

直到有一天，你就只能回头看，直到失去聚焦的能力，带着混沌走向失忆。是的，我见过一个我所见过的最不轻易动容的人，在回忆的当口流下眼泪。

在一本书的最后一页，我看见一句话——当时一激动，拿出小黑本，就抄了下来：

我只能等待最后那场健忘症的来临，它将擦去人的整个一生。

**234**

我们都是自己生活的陌生人。

流亡者才得到故乡。守成者,故乡因拆毁而渐成他乡。城市里互不相识的人,在某种程度上有种相似,应付上的相似。

或许每个人都曾有一刻,希望失去关于这个城市的记忆,一种不属于你,却永远跟随你的东西。

**235**

我每次安慰自己——大不了一死。并因此活到现在。我也总是想,人是不是该提前开一场追悼会,大家开开心心,说一场话,把事情做在前面。

## 236

有一个朋友，我和他像聊了半辈子的天。他是个每天想着死的人。但他活得很好，比每个人都明白。

其实我和他聊天就三个词语：死、超越、哈哈哈。他有一次搜过我们的聊天记录——无论是严肃还是玩笑的时刻，我的哈哈哈过于频繁，成了一种行为艺术。

他说：小时候觉得死亡很颓的，会恐惧。后来就一点一点不怕了，成了朋友。有一阵子身边总是死人，他爱上了参加葬礼，抢着帮人烧遗物什么的，一趟下来，心里是有喜悦的，为每个走的人高兴。他接着说：我不希望突然的死，尽管我也能接住。我想学阿喀琉斯那样的英雄，知道自己的死期，然后迎上去。我们的病就是得死，我们所做的，只能是死得不那么恶心。

他还说：你真奇怪啊，喜欢死，每天却还是憧憬未来。

我说：是，我只对死人和随时可以死的人有兴趣。只死一次是不够的。在一个人身上，每天死，或者一切永生。这两种是我感兴趣的范式。人多多少少是个死，但能死到多少是个问题。速死还是缓慢的死，枉死还是过誉的死，有交代的死还是不发一言的死。我如果不能信任自身，转而信任时间。然而时间也是不可信的，我于是超越了这个维度，折返往复。我要赞颂什么？永恒的第一念，永恒的最后一念。这是同一念。

他说：死大抵都是追认的。海德格尔的向死而生是一种看。已经没有人看了。能操时间的只有自杀，或者对不可知的献祭，你知道它是高尚的，它就不值得你拿出来。不如等到最后一刻，两念合一。死亡是我们所不知的，我们向它献出自己，终生怀着对它的爱。我每天起床，都痛不欲生。曾经我以为是事件的层面，后来才知道不是。因为有好事的时候我也是这样，甚至好事来的时候更加难过。但是这个死亡之愿，却导致我分分秒秒要去找到原委。你让我死，这个我认了，但是能不能多少知道一些背后的秘密呢？这个反而很吸引我。高兴的事儿，热闹的事儿，我是极度厌烦的。

总之，目前我们都还活着。态度端正，惜时惜命。命运的命，而非生命的命。有一次他问我：你的爱人有多老？我说：和死一样老。爱人是一个虚指。

还是这句话，只谈生死，不谈爱恨。爱恨不重要。另一个朋友对我说：记住，不要谈论终极问题。不在终极状态里的人，没有资格谈论这些。

**237**

权力是主张的重复。

那么多年过去了,我们还是自己人逗趣自己人,自己人为难自己人,自己人消费自己人,自己人了结自己人。

**238**

不要担心失去,每当失去的时候,你都获得了它的对立面。

**239**

对孩子最好的引诱是让他们去阅读。这样就算他们遇到糟糕的事,也会知道还有个备份的世界,那里有备份的梦想、备份的宁静、备份的旅行、备份的诗句,还有备份的爱情。

**240**

书和电影,永远是最低成本的实现旅行的方式。

**241**

好的电影导演或者纪录片导演,也应是一个关注社会学和人类学的人。有这些知识结构以后,能避免过于主观、单薄的表达。要拍出有余味的作品——他们必须超越同情、超越判断,他们必须深知人性之复杂,少下定义,尽量呈现开放式的面向。

**242**

想写一堆灰色的故事,然后起名叫《幸福生活指南》。

## 243

刚才走过 IFC，看到戈达尔的 3D 版《再见语言》还在上映。有一秒的冲动想再看一遍。我还清晰地记得去年被它激怒的感受，但它当时的确盘旋在我脑海好些天。戈达尔总是这样，就算不喜欢也回避不了，朋友说。

还看到一段话——戈达尔曾说：假如一个人超前地创作了一些东西，然后说"人们理解不了，但这并不重要"，那他就犯了严重的错误。他最终会发现这还是很重要的。但同时，我们需要走在观众的前面，光明总会在几年后到来。

我大概会再去看一遍。我要看看是光明错过了我，还是我错过了光明。当然，这都不重要。

## 244

看到有人说,有一次观众提问森山大道:"摄影艺术家应该承担怎样的社会责任?"

森山回答:"我不愿意承担任何社会责任。"

我觉得他回答得很好。艺术家有美学责任,也有作为一个社会人的社会责任。两种责任并行不悖,并可独立持存。

把它们混为一谈,使得其一为其二服务,是能力有限。

## 245

《比利·林恩的中场战事》这部影片是对美国全盘式的否定，战争、娱乐、商业、阶级。我对 120 帧无感，甚至觉得清晰得有点恶心（心理上）。开场那段可能真如李安自谦所说，技术不熟练导致画面平庸。这景深感觉像在看一个电脑游戏。

唯一对我起效果的一段就是战场戏。这种逼真和主观视角导致的深重的体验式的恐惧感，是别的反战表达做不到的。我会记得这一幕很久。

李安用东方人天然的世故，天然的对于自身处境的洞察，去讲述这一群美国人被单向度简化以后失去的部分，被送入一种征途后无法折返的部分。以个人为样本，去呈示日常中被忽略的荒诞。

我看了一篇访谈，说李安曾说过以后的片子都关于human nature。然后有观众提问这部片子要讲的human nature 是什么。李安迟疑了十几秒，没有正面回答。

因为这个问题是文本式的，我觉得。很难用一句快问快答概括完全。The bullet has already been fired。片尾部分我记得这句台词。"子弹已经打了"。但真正无奈的是，在第一颗子弹打出去以后，之后的弹道便是人被抛掷的命运。我们是击发子弹的人，我们也是子弹。

**246**

在水下我想到了十个笑话,可一出泳池就全忘了。这游泳池里的水一定很特别,真想舀几勺带回家喝。

**247**

跳进无人的泳池就像劈开一个梦。

**248**

学习新的语言,也就是恢复对词语陌生的过程。

**249**

聪明会得到羡慕,但认真会得到尊重。认真点。

**250**

当一个孩子获得过度的失望与赞许，他们便开始苍老。当一个老人获得同样的东西，他们就突然年轻。

**251**

畏惧来自无法控制的事物，无论死亡、爱情，还是未知的所有。

**252**

我们一再夸赞的都是我们畏惧或者畏惧得不到的事物。不在意的东西，很少被重复述说。

**253**

正因为众人畏惧死亡——死亡这个事件里，意外率先完成的人，往往被迫伟大。

**254**

你会知道,美人不会永远太平,蠢人不会永远被崇拜。多年后你再看,放大的会被还原,无意义的会被忘却,珍视的会被挖掘——只要时代里还有几双眼睛、几人清醒。

都别急,就算我们什么都失去了,但还是不会失去沉默的时间。我们都是不重要的——我们只剩一辈子可以观看,而我们的意义都不在我们的看见里。

**255**

记得住的好看,和性离得很远。

## 256

观看相片——所有意识到有镜头的笑容,都是某种程度的表演。同理,镜头之中,愤怒的表情是,悲伤也是。被摄者无意识的纪实摄影除外。

意识到有观众的情绪,都只是态度而已。

和颜悦色展示亲善态度;纵意不羁展示自由态度。是用样子表一种态,和语言功效相同。

## 257

未实现的感情,都只是因为荷尔蒙和行动无法匹配。荷尔蒙过多的人,未能行动,消化不了,遂向内生长。

荷尔蒙多的人,从来都无可救药。要么等年龄增加、荷尔蒙退化,要么让行动与之匹配,不然自己为所有冗余情绪买单。

若真说起功效——冗余情绪属于文学、艺术的催化剂。不冗余的,都已经被生活耗尽——或者说,它们就是生活本身。生活本身并不复杂,复杂的是人性。

## 258

你必须相信——人生来孤独。不孤独只是物理上的蒙蔽。

也只有相信这一点,才能承担所有告别,生死告别和生生告别。

## 259

有时候,时间是一个略有荒诞的标尺。今天和一个朋友讨论,从远古到现在,所有空气里的信息并没有消失,只是换个方式继续存在。从一种尘土到另一种尘土。你呼吸的空气,也曾是亚里士多德呼吸过的空气,当然,也是希特勒呼吸过的空气。

人会死,但组成人的这些信息不会消失。

刚才我在23街过马路,往西看,日落还是那么好看。我停在路的中央,拿起手机拍了下来。

每一场日落都像第一场日落。每一场日落就是第一场日落。

感受到那一刻的时候,时间被压缩了。我几乎可以想起每一个人。

**260**

想起听过的最亲近的话——不要让人拿走你的孤独。

**261**

我一直希望有一天，我能保持敬畏，同时无所畏惧。直到我连自己的脆弱都坦诚相待，那脆弱也就是我身体的一部分。我也敬畏脆弱的力量——接受放弃、接受失去，与其说是破坏的力量，不如说是另一种生长。

我开始珍惜我的敏感和健忘。我期待向这个世界投降。

**262**

对无序的人性来说，规则也是暴力。用来控制它们不走向更无序。

## 263

我想去一个热带城市等凉风。

我想在没有人醒来的时间醒来。

我想给生活一个制度,一切落入紧实的缝隙里。

一切理性。但又存有下一秒下坠的自由。

我想看一种只在脑海中出现过的蓝色。

我想告诉一些人他们有多愚蠢。

我想取消冬天,取消眼睛对白色的愉悦。

我想恢复阅读小说的能力。接受别人对于另一个世界的建筑。

被驯服。

我想告诉自己不恢复也可以。

我想拍一部在意识形态上具有动势的片子。

我想减弱距离引致的礼貌。

我想和焦虑和平共处。

**264**

终其一生我们都在学习如何独处,如何在黑暗中睁开双眼。

我们永生都在克服自己,幼年克服未经世事带来的无知,暮年克服历经世事带来的衰老。正因为衰老和死亡可怕,我们才赞美它们——不断赞美它们,直到它们终于降临。

相信我,不会有永生。我们的赞美是出于恐惧。而我想到这一切终会过去。

**265**

你得选择一种生活方式——成为孤独的不合群者,或是抱团的庸众。

## 266

"I'm kind of half bored, half fascinated." 真会写啊,这就是我内心的日常。

所以我也只能过规律的、近乎机械的生活,不管我的生活境遇何如。如果换一个城市生活,给我几天整理期,我就又能排出新的生活循环列表。在循环里我知道今天和昨天的区别。

每一天里偏离既定轨道的惊喜,是闪光也是负累。我对我已有的生活的唯一抱怨,就是它还不够机械而已。我相信我的所有选择。因为我的选择就是我的愿望,而我时常审查内心,避免多余的愿望。

"Sometimes I do charity"的解法，除了那种已经向某些人解释过的、玩笑又真实的意义之外，还有一种——就是让我被迫走出我的轨道，被迫不重复。这种charity，也是少一点好。Half bored, half fascinated. 在记住之前忘记它吧。

于此，我在我自己的轨道里遇见的知识、真理、伟大的科学和艺术，便都是我该要遇上的。我在重复里慢慢趋近了，并堆叠了遇见它们的可能。我不相信一次性的际遇，我只相信绕不开、避不开的发生。而这些永远都不会丢失。我的所有努力都是为了坚固这个轨道而准备的，我知道没有什么侥幸。生活不是恰好的，我们是自己的作品，意志、内心，都是。

**267**

我有时候想到博尔赫斯在 60 岁后失明这件事。那时候他刚成为图书馆的馆长。

他说上帝同时给了我书籍和黑夜。这真是一个巨大的玩笑。

**268**

疾病有时候给人一种可能性。一种让一个特别的人维持其特别的可能性。

就像那句话："命运总是压倒对善与恶的评价。"

## 269

昨天听到一句话很好:

"直觉无外乎就是收集数据,然后快速处理。"

那么,直觉如果是一种大脑更为快速的运算结果,那可以说这是理性的吗?如果说,我仰赖直觉,能否认为我仰赖一种更为果决的运算?

某一秒的 out of your mind,也是之前所有 out of your mind 的种子在某个时刻成熟了,是这样吗?世界到底是哲学家的还是数学家的?

我的所有思考和决定到底是谁在运算? 是我还是我头顶的那个人?

**270**

人拓展了自己的生活,同时也牺牲了不拓展的自由。要对牺牲有意识。

**271**

在模糊的日常里找到轨迹——意识到每一天的生命消耗于何处。

然后,做一些不饱和的决定。不饱和意味着给改变留出预期。用这些决定去生活。用理智扮演自己的内心。理智是未来的你。

而我们的开始,总在未来。它有着所有的过去,包括我们的生命开始之前的过去。如果幸运,你和这个世界的关系会如你所料地展开。

你终将安排你的巧合。

**272**

对于真正的艺术家或者学者来说,在活着的时候,被大众认可,甚至都可能是一种损害。艺术家和学者必须更努力维持自身,才不会被声名消解。因为大众的识见,其实并不值得信任。

**273**

命运给你机会观看荒诞。然后你观看,习惯或不习惯。试着接受惊讶,还有衰老。

不接受也可以。人经常和自己的不接受相安无事。

## 274

前几天在摩根图书馆看一幅素描。

微妙之处，在于画中婴儿的一只半睁的眼。半睁的那个状态是那么精确，或者说，模糊，以至于它提醒了我——这种微妙，是真实存在于生活中的。画家描述了一些瞬间，而这些瞬间是我无法描述的，无论是语言还是画笔。但我一眼可以认出它，因为它的绝对的微妙，几乎每个人都可以一眼认出它。

时间对每个人是公平的。但，每个瞬间，对每个人却不是公平的。这关乎你到底在那个瞬间，你的感觉抵达了哪几层、哪几面。而这个瞬间可以无限放大，或者无限萎缩。决定这一点的，就是你对"微妙"的感知能力、描述能力。The subtlety.

## 275

我觉得这个世界上略显尴尬的人,有两种。一种是没有天赋的勤恳的艺术家,另一种是多情的却不好看的人。

(如果有第三种人,我想应该是写这些话的人。)

## 276

做一些事,不辜负自己的精神状态。

不要太过积极,不要太过热情。自己知道自己该有的热情的尺度。要防止冷却后的恶心。

## 277

你并不能因为厌恶一种使命，而选择另一种使命；就像厌恶一种生活，而选择另一种生活。

比如你没钱，于是想变得有钱；没有爱情，于是想有数不清的爱情；没有时间休闲，于是想每天不做事。

不是这样。

你选择一种生活，一个使命，一种精神状态，是因为你真正想要那个状态。你把自己交给了那个状态，成为那个状态。这样就又回到那句话：人是人的目的，而不是手段。

你的机会并不会比别人多。世界上聪明好看的人很多,你永远只是中间的那一层。但你只要知道你的目的,人的目的,你就是那个人群中的人。你是一个人。

这件事并不快乐也并不痛苦。 正如永恒并不快乐也并不痛苦一样。

我们的生活疑虑重重,并不是因为想得太多,而是想得太少。于是我们的选择,都恰恰是因为没有去选择。我们活着却没有办法对生活有所担负。

**278**

生活仍然是太快了,明天我们会忘了昨天最痛苦的事。

新的涌来盖住旧的,人们哭一哭,却转头走了出去。

我们都又笑了。可我们本该哭的。如果哭不出来,至少缄默不语。

看见了就该背着,忘掉就是罪孽。

如果是这样,我们都会完整地下地狱,没有人能上天堂。

**279**

所有的昨天都是应得的——我们值得那些过往。你经历了这一切,然后你接受了这一切,这就是你的韧性。现在你要做的是大步往前走,去观看寻找那些自由的可能性。当然如果你有些犹豫,小步也可以。

若要决定——该交给命运的时候交给命运,该留给自己的时候留给自己。任何方向都有到达,我接受这答案,这答案就是我的目的地。

## 280

人的脆弱，同时也是人的残忍。健忘，然后，依然活着。也只有这样，只能这样——转过头，模糊过往的苦难，人们才得以生存。跨越千年的嘲笑并没有停止。人用生命的有限性作为盾牌，来捍卫死亡之后的那个世界。

看不见成了一种清白。这清白，我们称之为希望。

## 281

一位旧人,大致说了这么一段话——或许再过个几十年,你会记得这段故事。并不是它的结局,而是故事里最明亮而又失落的瞬间。我们经历的这些年岁,甚至,生活本身,都可能是不真实的。可你知道的——那些让你恍然的瞬间,都是真的。

**282**

借我

借我一个暮年,

借我碎片,

借我瞻前与顾后,

借我执拗如少年。

借我后天长成的先天,

借我变如不曾改变。

借我素淡的世故和明白的愚,

借我可预知的险。

借我悲怆的磊落,

借我温软的鲁莽和玩笑的庄严。

借我最初与最终的不敢,借我不言而喻的不见。

借我一场秋啊,可你说这已是冬天。

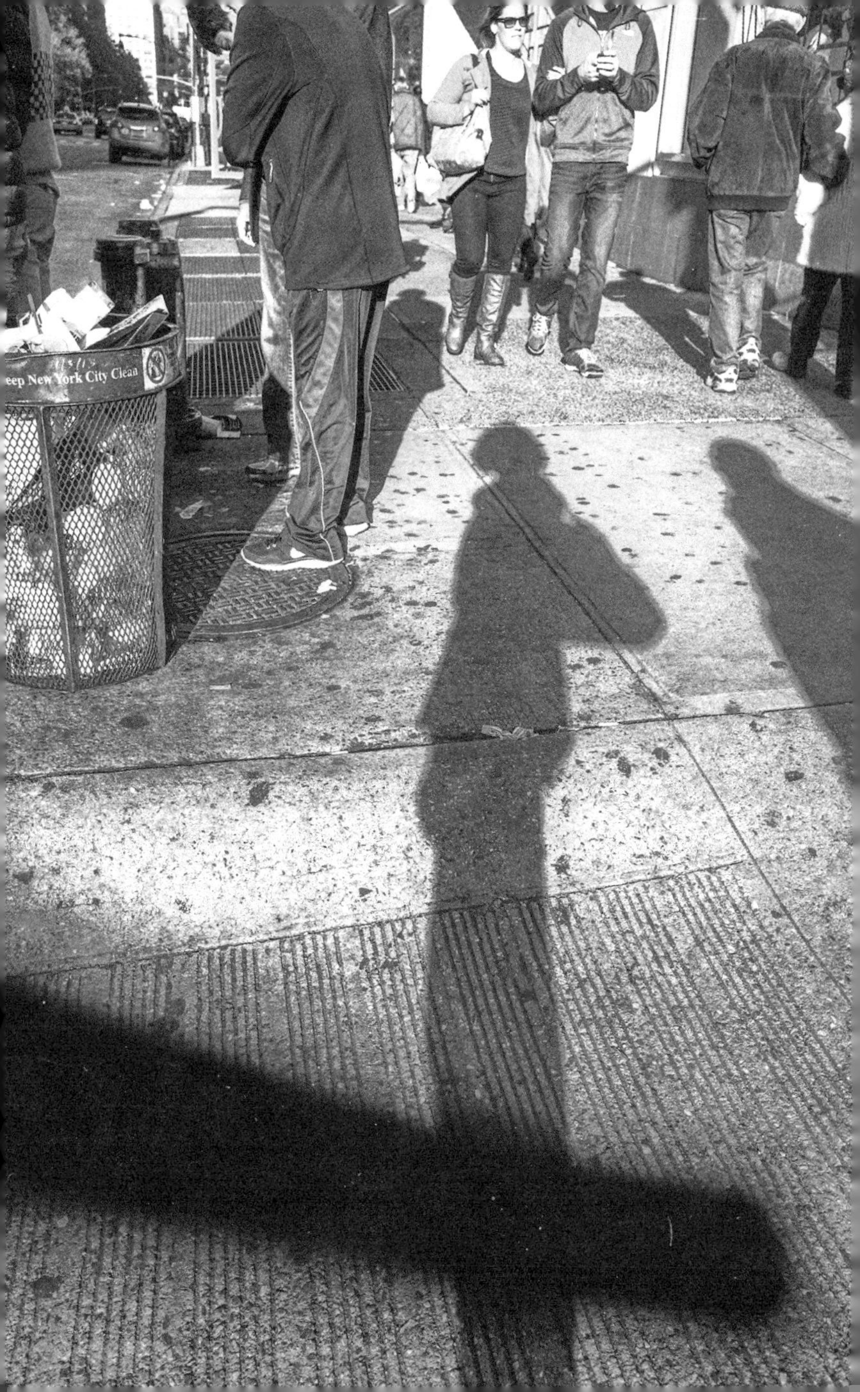
eep New York City Clean

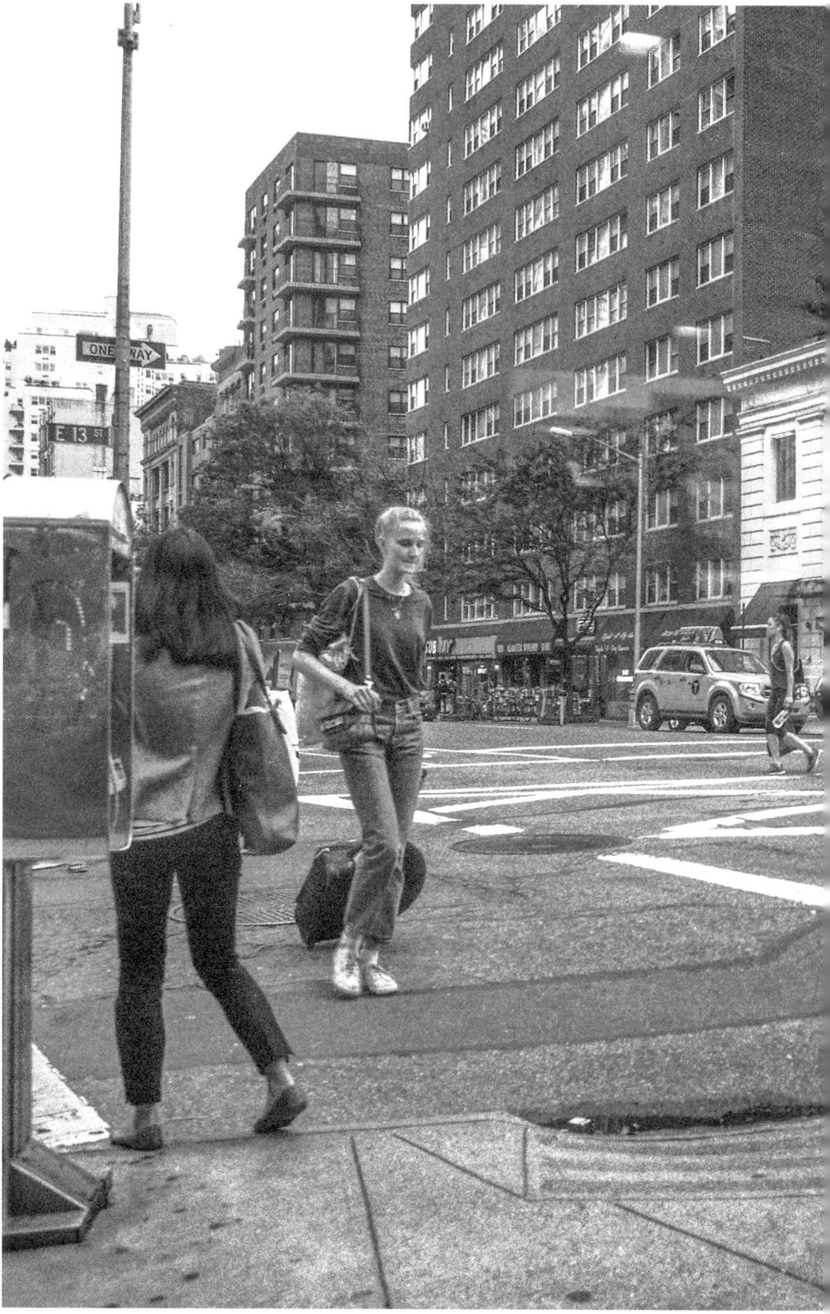

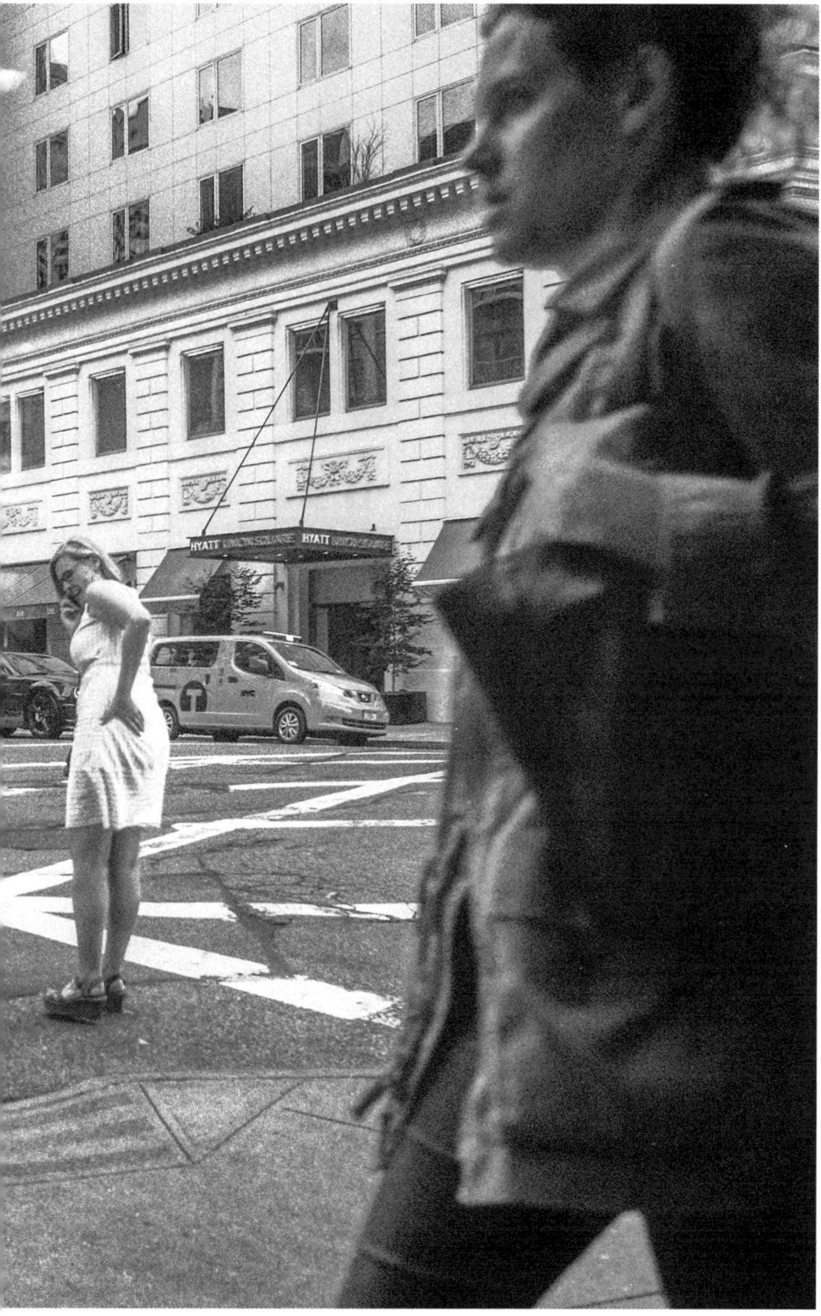
HYATT
HYATT

**283**

我们生来背着所有前人的创造和建筑,前人无法完整获得是因为他们的死亡——我们碰巧得到了这些残余的、没有被他们在离世时毁弃的文明。但在这天顶下,没有太不公平的事,我们背着那些得到的同时,也背着亡魂的眼泪和悒郁。

所以我们并不是笑着出生的。

只知道玩乐的人,并不是初生的无知,而是对痛苦的无知吧。痛苦永远在那儿,也许不是你的,是别人的,可不看会不会是一层新的罪?毕竟,我们是同一种生物,共享着这座巨大的墓园。我们以为那些人死去了,其实从来都没有。

他们总是莫名被拿出来祭奠,以在世者的名义。

## 284

我觉得我的生活渐渐开始有了变化。这个过程不是一个或一组事件。它影响了我的观看方式,我的目光的着陆点。它是确认欲望和转化欲望,确认恐惧和转化恐惧。然而我也确认这些都是有机的,每时每刻在生长与消逝。

幸好,多数时候,我仍然是个年轻人。在我是个年轻人的时候,我遇见一些人,有了一些交谈。等有一天,我长大一些,不再挥舞那些大词的时候,我会知道现在的可贵。我会知道人的天真不可重来。

**285**

如果可以,我想有一种不怎么见面,但可以通信几十年的朋友。或许我已经有这种朋友了。

见面和不见面的朋友应该是两类人。不知道我的内心是否更珍重后者。如果是,可能是因为不轻易。

我喜欢聪明的人,也喜欢内心坚硬一些的人。敏感不等同于柔软;敏感和坚硬是可以并存的。"扶强不扶弱",我以为同样也是在说朋友。

我其实无法真正在心理上依赖一个人。这种不安全感甚于无人可依赖的无。和一个朋友聊天的时候,他曾说:如果真有爱情,那也只发生在两个不彼此需要的人之间。

我当时就为这个定义击掌。然后我想,如果真有友谊,友谊也是这样。

所以朋友之间是要有距离的,即使是最好的朋友。最亲密的友谊不是最好的,最亲密的友谊只能是世俗层面最暖的。最暖的不一定是最好的。有温度就很难永恒。

我们可笑的短暂的一生,不能永恒的事情已经太多了。

说了这么多,我以为自己在说朋友。可是我也在说每一种关系。

现代社会让每个人的朋友都太多了,但是真正能够观看你心脏搏动的人太少。所有人都在和所有人喝茶吃饭,这些往往来来没有尽头。

我觉得如今的"认识"都显得廉价。我宁愿成为一个孤僻的人，也不愿认识所有人。或者，记住所有"认识"过的人。其实，一辈子只够和几个人说一些真正的话。那些所谓的朋友，其实我们不懂。

你不懂，也就是不认识。

前些日子我收到一封邮件，有一句话说：

"我遇到你的时候，你就在安安静静地做事情，现在还是。在一切之上的人才会这样。"

我想他高看了我。我正在成为一个越来越不合群的人——疏淡旧识，以及更少认识新的人。但这没有关系。我知道我在往一条自己觉得合适的路上走，并越来越知道没有别的路。

不过，好在身边有三句话之内能把我逗得哈哈大笑的人，也有可以陪我严肃的人。我已经感到非常幸运。

说了这么多，最后说一句："不要对任何人抱有期望。"记住这一点，然后好好生活。

## 286

六月的时候我重新看了一次《这个杀手不太冷》,还是很好看。

很多人喜欢那句台词——

Mathilda:"Is life always this hard, or is it just when you're a kid?"

Léon:"Always like this."

我也喜欢那一句:"I left with the greatest guy on earth. He was a hitman, the best in town. But he died this morning."

生活艰难吗?我不知道。我不彻底所以我没有资格,或者我不彻底所以我非常有资格。

我在等一个绝境。我还没有遇到。
所以我有百分之百的希望,以及白色。

**287**

人的触角那么密集、纤细，人是每一秒都准备好的。如果流行文化分好坏的话，那么好的那一种承接了人的感受力，反之则浪费了人的感受力。

这么多年来，人还是一样的构成，不同的是每一次的震动。多数时间我们都被浪费了。当然我们也不能指望大家永远 high 着。没有一件事情能让人心甘情愿视之为仪式。于是仪式们都多少显得有些尴尬。开始的、结束的、颂扬的，挽歌的。我们只能捡拾敲碎的镜面，举起它们探望投映其中的星空。

我记得昨天看到一句话：我们只有因为死亡和疾病才开始感到亲密。这是相同的理由。最好的悲剧，如果能够降临，那么接得住的人是幸福的。可惜我们都失去了彻底的资格。仪式不存在了。

## 288

有一次海德格尔跟人说,希特勒是否受过教育根本无关紧要。

法国学者菲利普·拉古-拉巴特认为,海德格尔在荷尔德林的启示下,"创造"出一个从没有真正出世的希腊。按照海德格尔的说法,重复就是重复没有发生的。

读到这句话,背后出了一点冷汗。重提本源和重提将来的是同一类人。

## 289

媒体具有天然的暴力属性。它的暴力在于对界限的跨越,无论正面还是负面。

未来最大的暴力就是网络暴力。

**290**

看到一个准确又好玩的描述是:

"那种审美经验给我一种绝对活不下去的震惊。"

**291**

无情但理性的话——

读书是童子功,千万别指望小时候不读书的人年纪大了以后开始读书。

**292**

每一部严肃作品的准备,都是创作者之前所有的发生的总和——他的经验、他的阅读、他的栽种。创作者必须知道自己的来路,必须机警,并对自己维持尊敬。他的选择既是收割也是叠加,是回应开端,也是念诵保持。

**293**

和 Z 聊到伊朗电影《一次别离》,他说:"拍鸡毛鸭血,就要《一次别离》。不用设定什么青春,青春多乏味啊,再咀嚼也无非是概念自动生成的忧伤。真的,儿子给他父亲擦背那场,就一个机位,固定景别,一镜到底。这一个镜头里有什么呢?父亲、儿子,这就是俄狄浦斯。洗澡,这就是救赎。擦背,弑父与崇拜的张力。眼泪,人的境况。"

**294**

听了许多临别的话。有一句还有余味:

I can't remember not knowing you.

## 295

才华才是最大的荷尔蒙,使人兢兢业业,持存敬畏但又感到无所不能。

## 296

懒都是因为才能不够。真正有才能的都不懒,因为他们能在许多时刻感受那种天命,然后不可遏制地开始。可以很响亮,也可以很平实。他们如果停顿,也是因为蛰伏,不是懒。他们要是干特别平庸的事,估计随时受不了。

当然,不懒的不代表就有才华啊。才华是最残酷的事,比物质世界残酷多了。物质的世界太过温柔,太过可以解决。太多不可解决的事,都在不可见之处。

## 297

纽约的 25 街转角有个 2 bros pizza。我的住所在隔一条街,如果我往下城走,每天都会在那个街角撞见不同的脸,那些来来去去迅速买上一美金 pizza 果腹的人。某一天晚上我照例走过,倒是看到一个穿正装打领结的男人笔直地站在立桌旁,就着冰可乐托着纸盘认真在啃 pizza。这一幕略有违和,甚至有点滑稽。我想,这是一个宴会里没有吃饱的人,或者他有别的故事,或者他可以有任何原因。

有次在上海,开完会买了两张碟走路回家。经过一家门面窄小的包子铺,看到西装革履的男人拿过一袋包子离去。透明的塑料袋随着他的手臂摆荡,和笔直的裤线发生平行。

两个城市的重叠。视觉上格格不入的瞬间可以在一秒之后找到它们的合理性。葛丽泰·嘉宝说纽约是她唯一可以感到独处的城市，我想某种程度上，上海也是这样。都市的宽容度在于用可能性解释了貌似的违和。它们并没有被稀释，而是被理解（误解）了。我看见密密麻麻的人群，密密麻麻的高楼，每张脸与每个窗口都通向另一个世界。我们对待时空做出的决定，甚至有些可怕的唯一、可怕的不可逆，都因都市的掩护变得轻轻松松。明天太阳又要升起了，啃 pizza 的男人、买包子的男人，你们、我们，都会回到制服里，开始这激动人心的一天。

## 298

昨天的天气几乎是完美的。我想，这样的天气还是应该一个人，于是把要吃的饭和要开的会都挪掉了。

还是往西跑。周末的缘故，Highline 的人太多了。我带着耳机，广播里的主持人开玩笑说——Human beings are still the scariest things. 应景。我于是继续向西跑，经过两条大道后就到了河边。河边的阳光太耀眼了，使人一点都没有拍下来的欲望。白晃晃的无聊。

眯着眼跑，但还是睁大眼看了看河边草坪上脱了上衣晒背的姑娘和小伙。防晒油在一个姑娘的身体上金光闪闪，和她金光闪闪的汗毛融在一起。她的脸栽在自己的帽子里，后颈有一个温和的弧度。像一座紧实的雕像。

回去的路上我尝试了一种奇怪的跑姿。脑海里冒出一句话：I run like a jerk to please myself. 好像是真的。

冲完澡，带着小理光上路。骑着 Citi bike 沿着第六大道往上，一直往上，直到中央公园南面。边骑边拍，等红灯的时候也不烦。纽约的 bike lane 瘦得可怜，还一直被靠边的车辆占据。最擅长穿梭的是送外卖的小哥。他们身上的荧光小背心迎着风飞啊飞的。有个小哥穿梭而过，穿着钴蓝色的工作服——他小背心上的餐厅名字叫 Blue Dog。突然这条狭窄的 bike lane 就多了一种赛道的感觉。

从公园南边进入，散个步，再从 86 街向东出。一路上看了不同的马的走姿，才发现原来马和马还是有差别的。有些走起来比较帅，有些走起来比较笨。它们被套在了奇装异服里——我不是很确定那一匹比较帅的马，是否真的喜欢它的紫色马鞍和紫色羽毛头冠。

大都会博物馆里的 Robert Lehman Collection 区域，总有一些小的特展。这次是梵高的鸢尾花。展览附带的视频里用技术还原了鸢尾花的背景里原有的那种粉红色。看原作，油画颜料掉色了，几乎成了本白。如果那粉红还在，大概更是他一点。

出门打了一辆 Uber。司机这个礼拜刚工作，还很兴奋。海地人，来纽约学医疗器械制造，忽而觉得 Uber 才是他真正的未来。他向 Capital One 贷款买了这辆车，决定开始他月入八千的新生活。他的英语特别费劲，但他激动地解释了为什么他的美好生活就这样开始了——"我今天赚了五百，走的都是机场长差。我一个月可以有五千到八千。我的朋友一万多，因为他不睡觉。我也准备这样！你看比尔·盖茨睡觉吗？睡觉干什么？你要做大生意，就不要睡觉。富人们从不好好睡觉！"他决定再过几周就把这辆车卖了，然后换上可以入 Uber black 的车。他说这样一周就有一千。我下车时祝他发大财，他说，五颗星啊女士，别忘啦。

回来后我打开电脑看白天拍的照片。我想如果哪天我有了短期失忆的毛病，是不是可以通过这种方式想起一天内的生活。前几天看书，文德斯在他那本 *Once* 里，讲到摄影之于他就像 recoil，或者 backfire。摄影是双向的瞄准和射击，而影像对拍摄者来说就是回火、逆火，或者后坐力。我一张张过照片的时候，想起了这段话。

**299**

晚上困得像个废物,只能早上起来发奋图强。傅同学又留言说:有部早期汉译佛经叫《佛说离睡经》,专门教人如何熬夜。我倒是想读读。

我从小对于合理安排时间的事情总是比较痴迷。做不到,但特别喜欢安排。每个暑假开始总会订立精确到五分钟的作息表,执行几天以后,便坚持背叛自己,倒也毫无愧疚。

长大读到康德和叔本华等德国友人的作息,心向往之。近期的生活里预计难以实现。不知道如果今年开始练德语,会否在语音的诵念里找到人家的生活真谛。

## 300

我和傅同学聊到他那位师兄的毕业典礼演讲。软，且甜。搞哲学的还是搞哲学的，文青还是文青。当中有一条河，是思想的温度的差别。

傅同学找了一段致辞典范，我记得曾经读到的感受——一身鸡皮疙瘩。这是黑格尔 1818 年在柏林大学的演讲："我首先要求诸君信任科学，相信理性，信任自己并相信自己。追求真理的勇气，相信精神的力量，乃是哲学研究的第一条件。人应尊敬他自己，并应自视能配得上最高尚的东西。精神的伟大和力量是不可以低估和小觑的。"

"人应尊敬他自己，并应自视能配得上最高尚的东西。" 这就是高级的状态。因为这里指向 Arete，真正的卓越。 这种状态在时间里具有动势，而这种动势能够裹挟时间前行。

**301**

我心中合适的 gay bar 的墙上应该有一句话，语出康德："Out of the crooked timber of humanity, no straight thing was ever made."我自己觉得这主意不错，可惜没人用。

**302**

赵老师说，扔掉了旧物，就报复了明天。

我还没有和明天交手，就已开始了一场关系。现在就是把过去带向未来。我欠未来一些带不过去的我。

**303**

扔旧物有快感,就像要开始一种新生活的致幻剂。而明天并无不同。

**304**

闭上眼睛就能看见这句话——

"There is something cinematic about a fleeting glance out of a taxi window."

**305**

昨天和朋友吃饭时聊起冯内古特。他说——

我多年前在一个晚餐上见过他,最后只有我俩在说话,因为只有我和他还喝得动,还在喝,其他人都醉了。

我问他:What's the difference between having written and writing?

他说:Son, when I write, I feel like a man with no arms and no legs and crayon in his mouth.

我又问:What's the feeling of having written?

他说:I'm sorry. I don't know him anymore. Even it was myself.

**306**

我带着相机扫了一下街。结果大概碰到了什么键，曝光补偿直接上了 +2.7。回来一看照片，真梦幻，人脸是白的，路面是白的，只有黑色的物体才留下了形态，像一座光天化日下随时要蒸发的城市。

**307**

火车途中有两种景象让我有拍下它们的冲动。缆线，还有坡上的墓园。

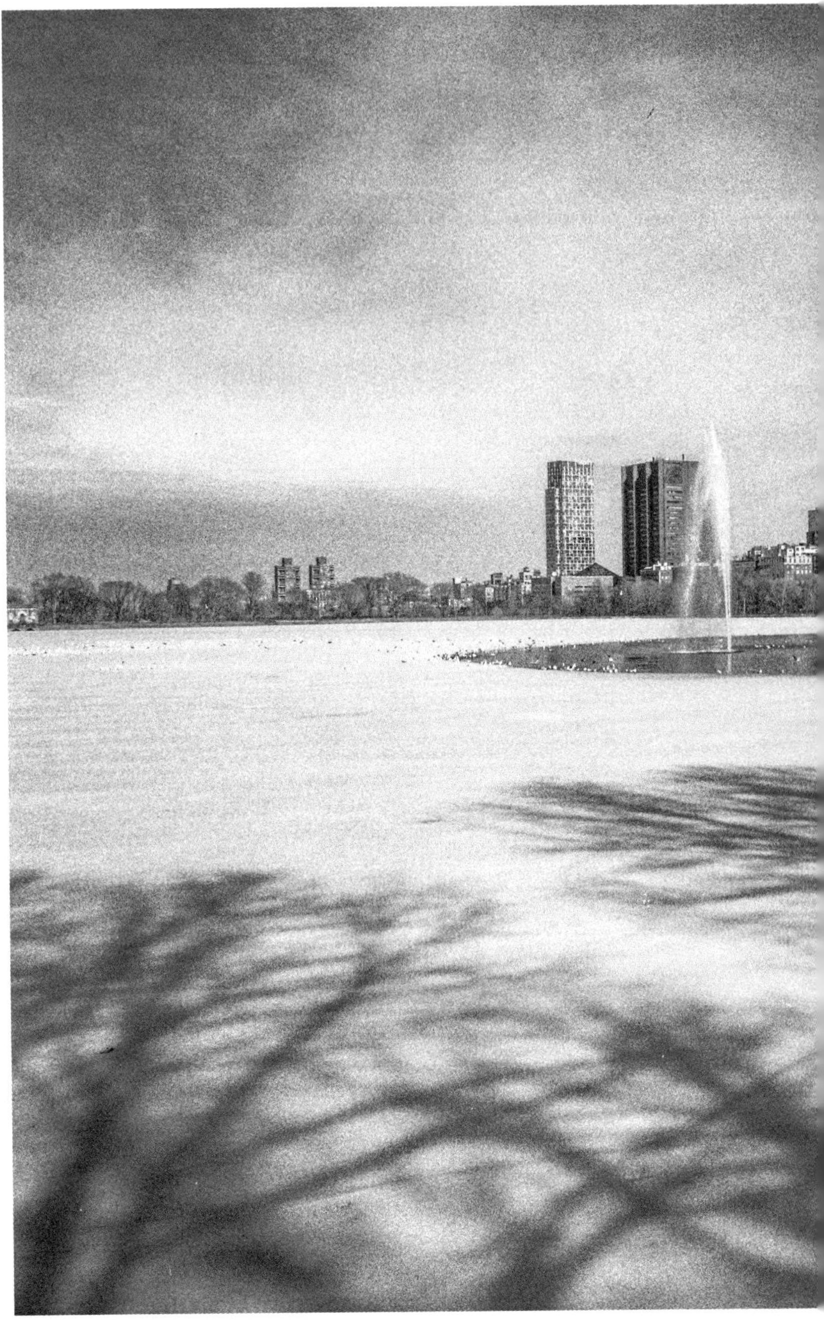

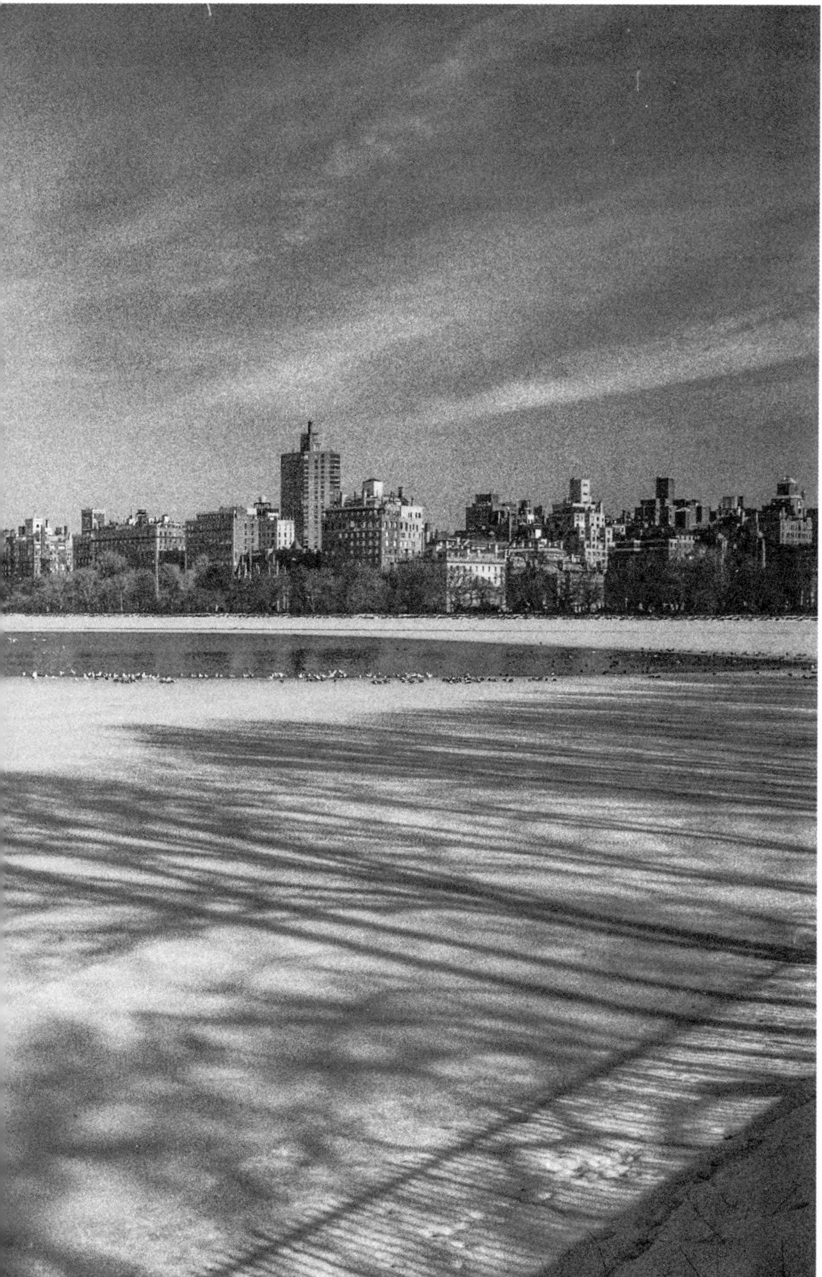

**308**

那天放片时我想，摄像，如果具有一些基本的美学基础，比如构图、比例，比如对画面里重量的理解，比如对画面呼吸节奏的理解，如果这些都做到了，都做得不差，那么这依然不能让你成为一个最好的摄像。

最好的摄像不仅是懂得美，还要懂得人性、懂得存在、懂得时间。在拍摄时，必须有一些时刻，在碰触到人性，碰触到命运，碰触到永恒的时刻，你感觉浑身燃烧了起来，但又维持冷静。

那些时刻里有本能，有荒谬，有冲动，有极端的正确。

有一天我和一个朋友在探讨拍摄。他是一个出色的纪录片摄影师。他提起了这个瞬间："……

At the same time that I know my abilities are declining, like an aging athlete, my hearing, my strength, yet I still believe given the right opportunity to shoot the right movie, my best work is ahead of me. Am I delusional? Probably? But the other day shooting in the wheat fields of Kansas with 2 farmers I felt on fire."

是的,就是这种感觉:Feel on fire. 我在等待这种冲动,在某一天摄影机红灯亮起时,我能感到那种无声的狂喜。它能抵消生活中的所有平庸。

或许我没有天赋达到这一层。我是一个平凡的人。但我知道我对不可言说的愉悦的热望。就算我达不到,我也会追随这个热望,以不同的方式。

**309**

复旦不用做宣传片。让大家去看《大师》系列里《马相伯》《谢希德》《朱维铮》几集好了。

1925年那版校歌里的词——"学术独立思想自由,政罗教网无羁绊""作育国士恢廓学风,震欧铄美声名满"——没做到,还是得继续做。

过去的光,足以照亮现在。启发人的依然是人之本身。知道哪些是可珍视的,而不是知道哪些是可使用的。一群人,若有一些共性,曾经成了一个集体,而后进入不同领域,那么,他们所想象的卓越,到底还是不是同一片光明,或许才是这群人是否还是同一群人的原因。

## 310

早晨的空气气味和下午的空气气味不同。冷调子的气味。

每个城市的火车站气味都有所相同。人,食物,灰尘,还有旅途的焦虑气味。

## 311

人的天真是什么?大概是允许被浸润吧。它不可重来,但也不会丢失。因为陆陆续续的不相信,相信也开始变得遥远。

人,若能感受到绝望,是因为真的渴望过。那么,如果我们还能有一个夜晚,能回想起这种浸润全身的渴望,或许我们还能记得曾经为了别人哭。

**312**

翻检过往的照片。偶然看到两张对着河流的拍摄，在相机凝固水面的那一刻，我看见水是最接近石头的事物。肌理、张力、体积感，还有温润。

我隔着屏幕碰了碰那一<u>丛</u>凝固的水。

而其他的景观都在定格里显得那么遥远。遥远与瞬间有关。瞬间之不复返，瞬间之停留在时空某处，由回忆或不被回忆引发颤动。我隔着屏幕触碰那一刻的水面，我大概是不记得它，所以它依然温热。

**313**

午饭时朋友说了一句话 made my day:

Men change voice during puberty;

Women change voice after marriage.

（男人在青春期变声，女人在结婚后变声。）

**314**

游泳不会瘦的，游泳就是把身上的肉挪一下位置。因为我经常看到那种每天报到的小胖子。结实的小胖子，紧绷绷的。他们的眼神坚毅，头都显得很小。

## 315

我骑着人类文明进步的阶梯之一——Citi bike，把需要东西方向穿梭的事儿一溜烟办了。傍晚的小风吹在身上，我想夏天这下是要来了。情不自禁地买了个西瓜，回家用勺子挖着吃，并幻想自己坐在马路牙子上。昨天刚学会这个单词，特别来劲。我还说我昨天也学会了 dope，朋友说对不起这不是最时髦的。我说不会吧我才学一个新单词怎么就旧了。他说现在年轻人说 phat。

This shit is phat, man.

我走进楼里，那个维修小哥升职了，做了门卫。他抹上了比以往更多的头油，开始在每句话后面加上 sir 或者 ma'am。 How you doin ma'am. Your dry cleaning will be ready ma'am. Have a great night ma'am.

## 316

穿男式短靴大步走在路上有种克尔凯郭尔用假名的感觉。

在步伐里我想起一些熟悉的人。他们有着类似的骨骼结构。有些时候是个故友,有些时候是父亲。血缘之间的姿态继承,更多是因为骨骼比例的肖似。

非虚构的生活里包含许多虚构的特性。我们渐渐探查到体内的那些人物,使之浮现,使之轮廓,使之向命运说话。那些人物集于一个肉身,交替上演,以最诚恳的假名。

## 317

和一个纪录片DP谈话,他说了一些个人多年的经验:

·不要害怕离拍摄对象太近。因为他/她几乎不可能感受不到你。不要害怕摄影机和所见之间形成的张力。

·在一个有限的空间内,如果一个摄像机能覆盖被摄场景、发生,就不要设置第二台摄像机。不要依赖另一种可能,不要让它阻隔在一种主导视觉的途中。看见的方式是有点独裁的。

・未来的观者看见的就是你的看见。所以拍你最在意的看见。

・要意识到记录材料的质性。如果它们可以自己说话，那么——胶片是希望被节制拍摄的，数字是希望被连续拍摄的。

・同情是我们与生俱来的本能。所以在拍摄时，要给予自身感受足够的信任。

**318**

我和一个朋友吃午饭,我说:我昨天写了一句话——我喜欢这两个概念:忏悔与审判。

他说:这听上去真基督教。我们没有这个概念,比如,惩罚,这个概念。

我说:那犹太人的惩罚是什么呢?

他说:生活。

**319**

夏令时开始时,家里有两个钟没有往后拨。忍了半年,冬令时来了,这下钟不用往前拨了。可喜可贺的一天。

**320**

记忆是眼底的反射。

## 321

这几天是梅雨季节,雨停时偶尔骑车,也通常是在夜晚。整个城市太潮湿了,雾气蒙蒙有种滞重。地上有下午下过的雨,风干不了,成了反光板,把街上所有的光源反射了,那些黄光蓝光,红绿光,经过叠加似乎更饱和了一些,很像电影。高楼因为雾气的笼罩被切了顶。

我和苏苏说,骑车不能算是运动,骑车只是偶尔的自由与放松。运动要在别处,专门做,要讲效率效果。不过后来我发现也有人把城市骑车当运动的:前天驻留的维也纳艺术家疲劳地走进厨房,她说她昨天在路上骑了好久的车。因为她和自己玩了一个心理游戏：不带导航，不许拍照，直行骑行，看见戴红帽子的男人才可以右转。可惜上海不似欧洲，红帽子的男人并不常见。这趟骑行花了她八个小时。

其余时间我几乎都是躲在室内看书，心里开始习惯这些雨。真正的夏天的到来总要有些代价。

**322**

是日金句:

The worse it gets,
the funnier you will find it later.

**323**

总是在对待一个人的方式里,看到另一个人对待自己的方式。关系的对等与相互是罕见的。

人根本不应该对此有所寄望。

人应在单向线条里完成这个完成,并试图明了意义。

## 324

有人告诉我,你若要严肃地说一件事情,不要抬高声音,而要压低声音。

## 325

我试图转向一种专注一些的生活,而不是任其分解于碎片的陈列。我也希望生活的读者都是能读、愿读的人,而不是每个人都是每个人的匆匆过客。

## 326

回想去年的谈话,有一句话我还记得——人都可以拍出至少一张大师级别的照片,但不是每个人都可以拍出一整组大师级别的照片。这是偶然和蓄谋的区别,也是文艺爱好者和真正创作者的区别。

**327**

如今都是这样,这个时代的气质就是这样——大家发挥着世俗生活里剩余的文艺热情,为的是拍一张照片,唱一首歌。然后转向下一个。

大众如此,无可厚非,精神毕竟存有些微寄托。但创作者要万分小心。

**328**

我喜欢某些人烧掉从前的作品的态度。我喜欢他们的知觉。他们知觉有一些东西不在命里。这不是否认,而是大确认。

不抱小期望,抱大期望。大期望不会马上有结果,而大确认,其实也不会有结果。

它们永远在你的头顶高一点的地方。不会降落。

**329**

每一个意思都有它的祖先。它们承载在不同的语言里、图像里、敲打里。

活着不是一件线性的事情。"历史是人类混乱的梦。"在相似的瞬间里,我们用身体发肤,认出这些那些,又经过一遍。时间走过了吗?如果你不能说是,那你可能已经遭遇了永恒。

我们在模仿最原始的秘密。

秘密看着我们。

**330**

摄像师友人说:"A state of grace: bending the camera to your will as it bends you to its will."
这句足够美,不舍得翻译。

**331**

高级的感情很难,很少。
不同的人总是落入同一个俗套。

**332**

丑比美更容易散播,因为丑不需要动用灵魂。

**333**

诗人的意象最好比自身大,最好自身都不明了。被张口说了,被执笔画了,被行为,这就是对的状态。非凡的创作,在某种层面上来说,是给不可控、非人留出了预备,甚至裂缝。光会进来,有些事物会附身。被选中的人是存在的。

莫扎特创作《D小调安魂曲》就是非人的。美这个字都无法概括。因为当我们说出美这个字,我们就已受限于语言。而当我们无法用语言描摹,就是我们真正向语言说话之时。

我不太读诗了,因为能写出比自身意象大的诗歌是很有限的。换句话说,比自身小的诗歌,也不足看。

**334**

上午读了几个老先生的故事。我想起以前做栏目片的时候总有一个想法——比起激进的变革,有种念头分量更重:不敢造次。

不敢造次,是确认了该要敬重。耻感也相近。如果我们没有发现更多的可能性,并把过去发现过的可能性也掩埋了,这是耻。所以,要三思,要有不敢。不敢比敢难一点,正如维持一栋建筑比拆毁一栋建筑难一点。

**335**

你可以走却没有走的路,也是你的天赋。

每个决定,问自己——是出于爱还是出于恐惧。然后会有答案。

## 336

Therapist 能解决的问题都不是真正的问题。不同的人遇到的问题只是人作为终有一死者的问题的变种。深浅疏密。一个人选择一种路径去生活，但不一定具备走下去的脚力，或者承受断裂的混沌之力。人总会一层层看见，真相也好，真理也好，这种渐进的交换也是守恒的。活得久一点，并不是必然会通透的担保，只是多了一份把已看见的纵深延展于时间的可能，以及在偶然和必然之间相互印证的可能。"重要的不是治愈，而是带着病痛活下去"，说的是这个。多数的日子平淡无奇，灵光的颜色往往不暖。前人没有解决的人的自身的问题，我们一样解决不了。千万不要太过自信。这并不是决绝与迂回的问题，这是命运的问题。人心都是古典的，问题也是古典的。Passers-by，看着就好。

## 337

光辉就是冷漠。美的光辉是，丑的光辉也是。只有多愁善感是滚烫的，且永远只属于个人。滚烫的事情离真理很远。

投向真理的一瞥，不具有热度。真理只能是在一瞥里被看见的。或者说，一件事物，具有真理的时刻是有限的，维度也是有限的。凝视的动作太过多愁善感，凝视与被凝视的两端都是。Nostalgia，弱者的精神游戏。永远不要渴望折返。

**338**

以前推荐过的纪录片里有个细节。一个暮年的女翻译家来到大学里,给年轻的学生讲一节课。她说,在她小的时候,她的老师告诉她:翻译的时候,要把头抬得很高。你读原文,要读到让书进入自己的身体。你把头抬起,你知道这一切开始成为你自己的东西,然后你再低头,一字一句写下你应该写下的。老太太又幽默又骄傲。她说,这是为什么我一生都把头抬得很高。

她是陀氏最好的德译者。

**339**

痖弦讲到感情,他说:孟小冬离开梅兰芳的时候,说的是:"不怕。"

## 340

好的友情就是渐渐没有其他选择。这感觉，准确来说，也是单向的。知道有个这样的人在这个世界上，心是安的，也是失落的。

人都是要走的，有先有后。谁先谁后，谁施谁受，都不是个办法。人没有最坏的选择，更没有最好的选择。无论是什么样的家庭构成、社会构成，日子总是一个人的事。人每时每刻都在感受一些事物的升起和陨落。交谈中的升起，或者不再能交谈的陨落。然后是回忆里的再升起。回忆是一种创造，我曾写过，不重复了。

对我来说，朋友就是敬意。我敬一个人，就把他当朋友。这好像也没别人什么事。唯一能做的是以警觉回应敬意，别无他法。对生长的警觉、对朝向的警觉。好朋友就是能给出好回答的人。如果有一天，这种互相回答的能力消失了，那这友谊也就黯淡了。

活着就是多了一些时间去认。最后的认出，如果和最初的认出相同，也一样是认了千万遍的。时间不会白白流过。

**341**

疾病和信仰让人干净。这种干净是通过践行一种新的律令获得的。唯一心一意可以攀援。

**342**

以前一个流行词从出现到恶心需要几个月或半年,现在只需要一天。语词被勾划着消灭,我们被加速推向终点。只有殊异之词还能维持一点孤决。只有不选择才有不合谋之可能。好好说话,如今倒像是一种外语。但我喜欢好好说话的人。好的语词让人停留。

**343**

刚学到 Schnee von gestern,指旧事,或者说,这太迟了。

这个词组的直译是:昨天的雪。

**344**

资源的丰富致使重复减少。更新更多更快更全一起涌来。重复比不重复更难。

而重复的意义就在重复的不重复中。有时候是下意识的位移。其实一切都变了，仅仅就上一次和这一次而言。你变了，我变了，远方的某盏灯火变了。世界整体而又细碎地翻新着，或者说，翻旧着。我们的关系仅仅被一些本质的事物牵住，然而本质因其坚固所以宽容，于是我们能在那些重复里画出无数的不交叠的轮廓。每一个轮廓都是我们。

我已经是无数次在迈出家门时向着母亲道别了。在我每天出门的那一刻，从小到大。在前几天的那一次里，我想起小时候也是这样大挥手，也开始意识到很多年后的某一次道别终将成为倒数。而这些念头只发生在走向电梯前的五秒钟里。

无数次的同一次里,她重复她严肃又温柔的千叮万嘱。她在不同门口的同样的姿势里老了。在楼道转角的视线消失处,这些年里我给她表演了同一种滑稽的后踢腿,而时间把我从孩子变成了一种孩子般的温柔。

我们总是数不清可数的以前,也无从预知不可数的以后。不过,这些终有一天会变为可数的、叠了回忆的噪点与灰度的镜头。我会记得,她永远等我消失在楼道转角再关上门;而我并不知道,我做的滑稽样子,是否会在她未来终将浅淡的记忆里。在每天涌动的深海里,我们重复。

**345**

对我来说,有一种友人,是不管谁先走,你写他的悼词他不会尴尬,他写你的悼词你不会尴尬的人。

悼词很难写。
死是无法计量的沉重的尘土。

**346**

词越白,歌越久。

**347**

最大的愉悦是思的愉悦。

可言说的愉悦,也是身外之物。

**348**

德语中,uebersetzen 是"翻译",也是"渡河"。从此岸到彼岸。诗是不可译的。但或许会有一种趋近——也就是说,词语在河水中完成一种脱落,以抵达彼岸。抵达的那个词语,是经过摆渡的词语。而岸,如果是大地,那就是收纳这个词语的彼岸。

**349**

这两天想到的几点,速记几笔:

・善有善报、恶有恶报,生活天翻地覆却各归其位是喜剧;没有人杀人,没有人被杀,世界依然健忘地往前走着,只有观者觉得有什么改变了的,是悲剧。

・尤其在这个时代:必须拍长片,而不是拍短片。这不是一个叙事问题,而是一个伦理问题。所以现在的短视频一个都留不住,太遗憾了。因为你永远没有办法使一个短片与史诗发生关联。不是史诗,就一定会被遗忘。

・有意思的男人和有意思的女人都越来越少了。

·所有能被教授的拍摄与剪辑，都会在下一次的重复里变得俗气。学，然后忘掉它们。

·电影和纪录片完成之后，就不是你看它们，而是它们看你。

·清新、小清新只能在生活里偶尔为之，就像一个成年人逗一个孩子一样，在创作里用上，总是低级。清新不是干净。停留在清新感里，创作者是未被启蒙的。这件事，只有天赋和未知的遭遇可以解决。

·就算有智能设备模拟人眼、人耳、人的各种器官——技术在某些方面是永远无法超越人体的模糊与精确之间的平衡的。所以，我们最终只是会被技术拖累。被降低要求，被抹平。

·我觉得女人在本质上是强者。80年代末生人、女人，这两个概念都离我太近了。与此同时我又感到与这两个概念毫不相干。

·小莲说，故事片，没有塑造一说，先是气质对，然后再谈表演。

·Life isn't short but you only remember so much so it feels short.

·你要相信一点：愚蠢的视觉与愚蠢的语言，是反过来观看与嘲笑我们的。我们正在被愚蠢的事物瞪大眼睛观看着。

· 不要拍漂亮的照片。

· 在审美、历史观上没有共识，文物保护就完全是奢望。

· 一个摄影师、摄像师的修养，不光是构图那些。那些是基本素质。修养是知道哪个镜头是最重的，哪个镜头是举重若轻的。分寸。其实一种视觉，在一个叙事里，只有一种最好的可能。该知道的人会知道。

**350**

书信少了。一方面是因为交流方式的迭代——我们少了一种经由中止与释放的交流,转而进行了日常的慢性泄露。

另一方面是因为人和人倾诉的可能性小了。人们或许有能力短暂地谈一谈眼前的困惑,却不一定能说出对远方的寄望。人被自身所处的时代磨损太多,心性的形状模糊了。模糊的人是无法把自己递交出去的。

我有时候觉得这个时代的人应该压抑一些对话的便利,从而使得真正的、经过思虑的交流开始发生。所以有一些东西还是要通过严肃的语言去完成:书信、致辞、寄语，等等。我依然认为只有这个类型的交流具有被反复阅读的可能。

如果一个人对于一句话、一段表达、一种倾诉，具有面对时间的自明——那所有起始与停顿，都应是被斟酌的。有轻有重，才不至于失去一种精神上的紧张。这种紧张，最终是使人安宁的。

## 351
厌倦、绝境与否定才是最大的生产力。它们是凝聚的。说不，是说更确定的是。

## 352

更高一级的交谈是开启彼此"说"的愿望。要跳出交流与非交流的抉择,不直接,所以不落入速度与形状。更简单地说,双重独白。如果一定要定义这个状态。

这时候你们在此刻也在未来。而真正开口的时候,对面是否还是这个人,其实并不重要。最好是天下,是万有,是昼夜。这种交谈是促进孤独的,因为它使得两个人的线条不必相交,而取道纵向向上。有分量的孤独被促进了,便是友谊最紧要的地方。

## 353

我喜欢观看人的选择多过人的既有。这是人之为动词和人之为名词的区别。忘记形容词，那都是暂时的。形容词是观者给的。在选择里人成为人自己，人看到了自己与命运独立的时刻。某一时刻人是自由的，不善不恶，对死亡没有恐惧，这就是事情的全部。

## 354

好的关系，就是两个人在一起的状态，给生命赋予了一种原本不可见的形式。

多数社交都是值得去避免的。我们并不会有那么幸运，一直遇到可说话的人。平庸的交流，尽管没有恶意，但实质上是负面的。

我不觉得我需要新的朋友。我能交谈的已经足够多。我要守住那些不必交谈的时刻。

# 再版后记

樊小纯

初版《不必交谈的时刻》大多是我 2012－2015 年在纽约时期的记录。在交给初版编辑王春霞女士之后，她费心将我的文字进行了章节分类。五年过去了，重庆出版社决定再版。这一次，我与再版编辑朱姝女士决定，回归原先的无序、无主题排列。说是无序，其实也就是由着当时的心绪，近乎以日记方式来排序。我最近读了德国学者斯洛特戴克的日记，他挺细致，什么都记一笔，思想的、交谊的、生钝的、脆弱的。我想，如果思维活动已然有所形状，那么我应任由这份记录的自由，去形状这个形状。

时间真快。转眼间我已不在纽约,身在柏林。别人问起我为何去柏林,我总是开玩笑地说,Leonard Cohen 有一首歌里唱道:"First we take Manhattan, then we take Berlin."我从那个中央公园跑圈的我,变成了在蒂尔加藤公园跑圈的我。我的身体似乎在面临许多损耗,脚与路面的撞击持续拆毁着那些关联之处。但我常常在某些时刻感到重生。

年轻人总喜欢断言——现在看来,这些过往的句子、段落分明都是断言。此刻,尽管我已在许多句子里,与彼时的我分道,然而我终归是彼时的我的每分每秒的迭代与变体。是的,我不可能停留在那一刻。本质总是溢出并重新降落。

在这两年间，我有两位心底感到亲近的朋友去世了，我时常梦见她们。从人的逝去里我开始感到时间、经验、意识对我发生的作用。我开始对不同的人有了更多的共情——每个人，都是那么丰沛、荒诞与不易。我带着笑意读几年前的文字。我继而认为，那些断言是应该被保留的。我对我的年轻也开始有了同情。

在这本有幸再版的书里，我愿意展示我过往的诚实。最终，不必交谈的事物，是我对自己的确认。思维的形状，不是空间的，而是时间的。今年我三十三岁了。在西方，他们说这是很重要的一年。我想我在一个自己需要的状态里。疫情后的 Zoom 使我把自己装进了以小时为模块的生活中，跃入一个又一个屏幕的会议、学习与讨论中,不可思议地忙碌。我完成了我对自己的剥削。这一切没有什么痛苦。我知道我的无边的好奇与相信会带我去任何地方。而时间会给我宽慰。

祝你阅读愉快。

2020 年 10 月　柏林

# 延伸阅读

《我把人生当喜剧》

一名非著名脱口秀演员的无畏青春

作者：徐风暴（Storm Xu）
出版时间：2020.11

《逆流顺流》

见证中国第一代电视人的热爱和情怀

作者：薛宝海
出版时间：2020.9